KB102737

나의 여인이
되어 주오

나의 여인이 되어 주오

펴낸날   초판 1쇄 2014년 1월 23일

지은이   오현금
펴낸이   서용순
펴낸곳   이지출판

출판등록   1997년 9월 10일 제300-2005-156호
주 소   110-350 서울시 종로구 율곡로6길 36 월드오피스텔 903호
대표전화   02-743-7661 **팩스** 02-743-7621
이메일   easy7661@naver.com
디자인   박성현
인 쇄   (주)꽃피는 청춘

ⓒ 2014 오현금

값 12,000원

ISBN 979-11-5555-011-3 03810

이 도서의 국립중앙도서관 출판시도서목록(CIP)은 서지정보유통지원시스템 홈페이지
(http://seoji.nl.go.kr)와 국가자료공동목록시스템(http://www.nl.go.kr/kolisnet)에서 이용하실 수
있습니다.(CIP제어번호: CIP2014000683)

오｜현｜금｜에｜스｜프｜리

나의 여인이 되어 주오

이지출판

Prologue

우리 서로 원하는 사람이 되어 주오

"당신이 생각하는 행복에 대해 프랑스어로 논하시오."

대학교 3학년 '프랑스 수필' 수업의 기말고사 문제였습니다. "행복은 '일상생활'이다"라고 시작한 나의 답안지에는 버스 타고 학교로 올 때 자리에 앉을 수 있어서 행복했던 것부터 자질구레한 일까지 일상에서 마주치는 소소한 행복을 잔뜩 늘어놓았습니다.

한 해 두 해 살아가면서 행복은 나의 곁에 있다는 것과, 곁에 있음에도 발견하지 못하는 경우가 많다는 것과, 행복도 스스로 만들어야 한다는 것을 깨달았습니다.

프랑스 문학을 시작으로 언어학, 정보처리학, 인지과학으로 이어진 공부를 계속하기 위해 파리에 10년을 머물면서 문화와 예술을 마음으로 느꼈고, 대학에서의 강의, 미술 중심의 복합문화공간을 경영한 경험을 바탕으로 요즘은 기업체 강의를 하고 있습니다. 기대하지 않던 사람도 그의 장점을 살려 주고 믿어 주면 회사에서 원하는 인재가 될 수 있다고 생각합니다.

내 삶의 주인은 나 자신입니다. 스스로를 다독거리기도 하고, 사랑하려고 노력하고, 칭찬도 많이 해 줍니다. 좋은 그림도 보여 주고, 음악도 들려 주며 내면의 깊이를 만들고자 합니다. 아주 사소한 일에도 감사하며, 일상의 모든 것에서 행복을 느끼는 연습을 순간순간 하면서 살아갑니다.

가장 힘든 일 중의 하나가 이름 짓기가 아닌가 합니다. 없던 존재가 세상에 나올 때 이름이 필요합니다. 원고 정리 후 출판사 대표가 책 제목을 무엇으로 하면 좋을지 물었습니다. 바로 "나의 여인이 되어 주오!"라고 답하였지요. 그는 잠시 생각하는 듯하더니 "그래요, 제목이 결정되면 이미 다 된 것이나 다름없죠" 하고 활짝 웃으면서 "참 좋은 제목이네요"라고 했습니다.

어느 날 강의를 준비하면서, 몇 년 전에 쓴 '나의 여인이 되어다오' 라는 글을 다시 보고 싶어 인터넷을 검색해 맨 위에 있는 것을 클릭하였습니다. 그런데 어떤 전문 사무실의 홈페이지에 나의 글이 실려 있었습니다. 아무런 표시도 없이 말입니다.

　순간적으로 무척 당황했지요. 다시 검색창을 보았더니 세 번째 순서에 내가 발표한 신문의 글과, 내 이름이 있었습니다. 아끼던 글이라 책 제목으로 사용하면서 조금 현대적 느낌이 들도록 글자 한 자만 바꾸었습니다.

　'사이버 윤리학' 을 국민 필수과목으로 해야 하지 않을까 생각합니다. 컴퓨터를 켜면 "나는 남의 글을 사용할 때 반드시 출처를 밝힌다"라는 화면이 나오도록 해야 한다는 생각도 해 보았습니다.

키프로스 섬의 피그말리온 왕은 마음에 드는 여자가 없었습니다. 그래서 상아로 여인의 조각을 만들어 매일 그 여인에게 사랑을 주고, 사랑의 여신에게 사람으로 변하게 해 달라고 간청했습니다. 조각이 여인으로 변하는 기적이 일어났습니다.

일상에서 만나는, 그리고 만나야만 하는 사람에게 '나의 여인이– 나의 사람이– 내가 바라는 사람이– 우리 서로가 원하는 사람이 되어 주오' 라는 간절한 마음을 전하면서 함께 행복한 세상을 만들고 싶습니다.

2014년 1월 마음 따뜻한 날

오 현 금

차례

축복 · 둘

간절함 · 셋

그래도 · 사랑

그리움 · 하나

꽃비

하늘에서 꽃비가 내립니다.
소리 없이,
바람에 살짝 흔들려 내려오는 꽃잎들은
마음의 바구니에 소복히 채워지기도 하고
농촌 풍경 위에,
기와 위에,
도심 빌딩 위에,
그리고 항구에도 내립니다.
빈 공간은 하늘, 땅, 개울입니다.
시간과 공간이 겹쳐지면서
허공 속에 속절없이 흐느끼듯 내리는 꽃비.

봄은

우리를 철없게 만들고, 가슴 설레게 만듭니다.

겨우내 마음 깊이 간직한 사랑한다는 말,

진한 향기가 아니기에

살포시 껴안고 싶은 수줍은 분홍빛 사랑,

손으로 만지고 싶고

눈으로 말하고 싶은 간절한 마음

마음속 깊이 숨겨 둔 애달픈 그리움…

이 봄

진달래 꽃잎 흩날리며

그리운 이에게 편지를 띄웁니다.

삶은 외롭고 서럽고 그리운 것

겨울이 시작될 즈음 옷을 벗은 나목은 봄이 오면 새 옷을 입겠지만, 우리에게도 새싹이 돋아나듯 새로운 봄날이 올까 걱정한 적이 있습니다. 유난히 길게 느껴지던 겨울이 저만치 물러나고 봄이 가까이 온 듯 햇살이 무척 반갑습니다.

제주 서귀포, 이중섭 화가가 살던 집 마당에 매화가 피었습니다. 빨간 동백꽃과 노란 유채꽃도 봄을 알려 줍니다. 허름한 초가집 사진을 보면서 무척 힘들게 살았나 보다 생각했었습니다. 하지만 이곳에 와 보니 어떤 말로도 표현할 수 없음을 알았습니다.

초가집 한쪽에 있는 부엌보다 더 작은 방에서 네 식구가 살았다고 합니다. 깨진 돌이 흩어져 있는 문턱을 넘어 흙바닥의 부엌으로 들어가면, 작은 항아리 두 개와 냄비만한 아주 작은 무쇠솥 두 개가 있습니다.

한 사람이 눕기에도 좁은 방 선반 위의 흑백 사진 한 장, 벽면에 붙은 시 한 편, 그게 전부였습니다. 학교 다니면서부터 소를 많이 그렸다는 화가의 유일한 시를 읽어 봅니다.

소의 말

높고 뚜렷하고
참된 숨결
나려 나려 이제 여기에
고읍게 나려
두북두북 쌓이고
철철 넘치소서
삶은 외롭고
서글프고 그리운 것
아름답도다 여기에
맑게 두 눈 열고
가슴 환히
헤치다.

주인집 방문 앞에 '사람이 살아요'라고 적힌 팻말과 마루 밑에 엎드려 있는 강아지 한 마리를 보며 이중섭 화가가 궁금해 찾아온 방문객들에게 많이 시달렸구나 싶은 생각이 들었습니다.

마흔하나에 생을 마감한 '비운의 천재작가'를 누군가는 무릉도원에서 놀다가 '환쟁이' 숙명을 띠고 이 땅에 유배 온 신선이라 했습니다. 그는 일본 강점기에 일본으로 유학, 일본 여인과 결혼했고, 한국전쟁이 나자 남으로 남으로 피난을 떠났습니다. 그리고 어쩔 수 없이 떠나 보내야 하는 가족들을 절절히 그리워하다가 홀로 병으로 쓸쓸히 세상과 이별한 한국 근대사와 아픔을 같이 한 화가입니다.

일본 유학 시절 프랑스어를 배우고 피카소와 루오에 심취했던 그는 꿈도 많고 열정도 있었을 텐데, 시대가 그를 받아들이지 못한 것 같습니다.

언덕 위에서 서귀포 칠십 리를 내려다보고 있는 이중섭 미술관. 그곳에 전시되어 있는 반듯한 필체로 적힌 아내 이남덕^{마사코}의 편지를 찬찬히 들여다보면 애잔한 그리움이 마음으로 전해 옵니다.

남편의 소식을 알고자 구상 선생님께 보낸 아내의 편지에서, 지독한 가난과 고독 속에서 작은 그림을 넣어 아내에게 쓴 이중섭의 편지에서 처절한 슬픔을 느낍니다.

전쟁이라는 암울한 현실을 뛰어넘어 남국의 이상세계를 표현한 작품 '서귀포의 환상', '섶섬이 보이는 서귀포 풍경'에는 평화로움이 배어 있고, 부인과 두 아이를 데리고 달구지를 타고 따뜻한 남쪽 나라로 떠나는 그림 '길 떠나는 가족'에는 서러운 이별이 담겨 있습니다.

이중섭 거리에서 마주치는 '울부짖는 소', '흰 소', '꼬리가 물린 채 서로 죽이려는 야수', '복숭아 그려진 도원', '두 아이와 물고기와 게', '물고기를 안고 게를 탄 아이' 등의 작품에서 배어 나오는 절절한 서러움과 슬픔에 가슴이 미어집니다.

세월이 지나도 우리가 같이 공감할 수 있는 기억의 공간이 많은 사람의 사랑을 받으며 오래오래 좋은 모습으로 있기를 간절히 바랍니다.

삶은 외롭고 서글프고 그리운 것….

이 말을 되새기며 돌아설 때 제주의 바닷바람이 가슴을 파고듭니다.

그 남자의 뒷모습

무대를 꽉 채운 커다란 회색빛 화면 벤치에 두 사람이 앉아 있습니다. 남자의 뒷모습인 것 같습니다. 객석에서 흐느껴 울기도 하고 노래를 따라 부르기도 하면서 거의 세 시간을 보냈습니다.

서정주의 시 '황혼길'과 허형만의 시 '애야, 문 열어라'에 소리꾼 장사익이 혼을 실어 부른 노래가 가슴 깊숙이 전해 옵니다.

작은 홀에서 반주도 없고 마이크도 없이 절규하는 장사익의 목소리에 목놓아 울었습니다. 차가운 땅 속에 혼자 있기 싫다고 외치는 아버지의 목소리가 들리는 것 같았습니다.

산 설고

물 설고

낯도 선 땅에

아버지 모셔 드리고

떠나온 날 밤

애야, 문 열어라!

잠결에 후다닥, 뛰쳐나가

잠긴 문 열어 제치니,

찬바람 온몸을 때려

뜬눈으로 날을 샌 후

애야, 문 열어라!

아버지 목소리 들릴 때마다,

세상을 향한 눈의 문을 열게 되었고

아버지 목소리 들릴 때마다,

세상을 향한 눈의 문을 열게 되었고

오래전 프랑스에서 공부할 때 꿈속에 어머니를 뵈었습니다. 아침에 일어나 달려갈 수도 없고, 국제전화 요금도 만만치 않아 전화를 해야 하나 말아야 하나 고민을 했습니다. 그때는 멀리 있기에 조금 참아야 한다는 정도의 그리움이었습니다. 하지만 아무리 보고 싶어도 볼 수 없는 진한 그리움도 있습니다.

같은 단어를 듣더라도 머릿속에 그리는 이미지는 사람마다 다릅니다. 많은 분들이 '여자, 엄마, 어머니'라는 단어를 들으면 예쁜, 웃는, 안아주려는 앞모습을 떠올리고, '남자, 아빠, 아버지'라는 단어에서는 처진 어깨, 주름진 바지의 뒷모습을 떠올립니다. 넥타이를 맨 모습도 스스로의 만족을 위해서라기보다 누군가에게 보여 줘야 하고, 그것이 먹고 사는 것과 관련이 있을 것 같다는 생각입니다.

초등학교 어린이가 가족 그림을 그리는데 아버지를 도화지 뒷장에 그렸습니다. 늘 한밤중에 들어왔다 새벽에 나가는 아버지를 보지 못했기에 우리 가족인지 아닌지 몰라서 그렇게 그렸다고 합니다. 또 우리 땅이기는 하지만 약간 떨어져 있는 독도에 아버지를 비교하기도 합니다.

아버지에게는 꿈이 있었습니다. 하지만 아버지라는 이름

때문에 그 꿈을 가슴속 깊이 숨겨두고 술 한잔 기울이며 달 랩니다. 자식이 잘 되길 바라고, 그 자식이 꼭 꿈을 이루기 바라며 '기러기 아빠'라는 이름을 선택하기도 합니다. 혼자 힘들지만 '펭귄 아빠'보다는 '기러기 아빠', '독수리 아빠'가 되고 싶어 처진 어깨를 추스려 올리며 오늘도 아버지는 일을 하고 있습니다.

중학교 때, 체육대회가 열리고 각 반 대항 피구시합이 있었습니다. 열심히 했지만 준우승을 하고 집에 돌아와 억울함을 호소했더니 빙그레 웃으시며, 2등 하는 사람이 있어야 1등 하는 사람도 있다고 말씀하셨던 아버지.

서울로 시집 가는 딸을 데려다 주고 집으로 돌아가시는 네 시간 내내 기차 안에서 우셨다는 내 아버지. 배 위에 올려 재우고, 손잡고 다니고, 솜사탕 먹으며 행복해했던 아버지는 예쁜 딸을 차마 두고 떠날 수 없으셨나 봅니다.

돌아가실 때에도 안구를 기증하시고 지금도 어떤 두 사람의 눈을 통해 세상 어느 곳에서인가 딸을 지켜보고 계실 아버지, 내 아버지.

떠나간 뒷모습이 기억 속에 오래 남는 남자, 아버지!

당신이 그립습니다.

가고 싶어

하얀 종이 한 장 꺼내들어
요리 접고 초리 접고
비행키를 만듭니다.

종이 비행기에
내 마음 실어 날려 봅니다.
꽃을 낚시질해서 올리고
꽃비 사이로
노란 우산, 파란 우산을 타고
날아갑니다.

가고 싶어
그리운 이에게 가고 싶어
사랑 따라 가고 싶어
행복 찾아 가고 싶어

그림은 세상을 밝게 만들고
우리 마음도 넓게 만들지요.
언어로 표현할 수 없는 감정을
색과 형태로 표현하였습니다.
그림으로 만든 시
'가고 싶어.'

겨울 소풍

가고 싶은 곳도 많고 하고 싶은 일도 많은데 이러저러한 사정 때문에 똑같은 일을 반복하며 삶의 울타리 밖으로 나가지 못하고 그 안에서만 살아갑니다.

서울 근처에 중남미문화원이 있다는 얘기는 오래전부터 들었습니다. 다른 어떤 것보다 볶음밥과 비슷한 스페인 음식 빠에야가 그리워서 꼭 한번 가 보고 싶었지만 기회가 없었습니다.

마침 소중한 분들과의 모임이 있어 겨울 소풍을 다녀왔습니다. 아파트 단지를 지나 자연의 맛을 느낄 수 있는 곳에 이르니 한옥 여러 채가 모여 있는 향교와 스페인의 붉은 벽돌집을 연상시키는 건물 몇 채가 이웃하고 있었습니다.

담장 안으로 들어가니 잘 정리된 나무, 유럽의 광장에서 만났던 조그만 분수대, 멕시코 의상을 입고 있는 여인의 조각, 아르누보의 이미지를 연상케 하는 벤치들이 눈에 들어오며 금방 먼 나라로의 상상 여행이 가능했습니다.

여든 가까운 부부가 손님을 반갑게 맞아 주었습니다.

오랫동안 중남미 지역에서 외교관 생활을 하며 취미삼아 모으다 보니 박물관까지 열게 되었다고 하네요.

아직 한 번도 가 보지 못한, 그저 잉카, 마야, 아즈텍 등의 단어로만 상상하던 지구 반대편의 생활을 친근하게 느끼게 되었습니다.

깔끔하게 양복을 입은 노신사 원장님이 이곳저곳을 보여주며 수집품 하나하나에 담긴 추억까지 소개해 주었습니다. 고집스런 '할망구' 때문에 매일 정원의 나무를 직접 손질한다며 불평하였지만, 그 말씀이 참 정겹게 느껴졌습니다. 빨간색 립스틱을 바르고 곱게 단장한 문화원 안주인인 이사장님은 외교관 부인으로 살아온 그 시절 이야기를 들려 주었습니다.

중앙홀 천장에 있는 금빛 태양상 나무조각이 수십 년간 먼 나라에서 한국인으로 살았고 지금은 한국에서 그 나라 이야기를 전해 주는 부부의 이야기를 들으며 빙그레 웃는 것 같았습니다.

"문화는 소유가 아니라 나눔이다"라는 말에 우리 모두 공감했습니다. 두 분만의 왕국에서 추억을 나누며, 소유하고 있던 문화를 나누어 주려고 열정적으로 사시는 모습이 퍽 인상적이었습니다.

부모님 밑에서 아무 걱정 없이 뛰어놀다 성인이 되어 이 세상 어디에 있는 반쪽을 찾고, 자식 키우며 돈 벌며 야단법석의 세월을 보내다 보면, 어느덧 자식들은 훌쩍 떠나 버리고 둘만 덩그러니 남게 됩니다. 고개를 들어 하늘을 쳐다볼 시간도 없이 늘 눈앞에 보이는 것만 그때그때 해결하며 살아가고 있는 것이 우리 모습입니다.

같은 연령대는 좋아하는 노래가 비슷하고, 또한 계절에 따라 생각나는 노래가 달라집니다. 어느 날인가 김광석의 '서른 즈음에'라는 노래가 나의 노래인 양 마음 한구석을 파고 들어왔습니다. 머물러 있는 청춘인 줄 알았는데 점점 멀어져 간다는, 매일 이별하며 살고 있다는 노랫말이 가슴을 쿵쿵 쳤답니다.

그런데 요즘은 '어느 60대 노부부 이야기'가 가슴을 짠하게 만듭니다. 인생의 굽이굽이를 같이 보내며 가장 편한 친구로 있다 둘 중 한 명이 먼저 떠났을 때 과거의 기억들을 담은 노래입니다.

'…세월은 그렇게 흘러 여기까지 왔는데, 인생은 그렇게 흘러 황혼에 기우는데….'

이십 년 혹은 삼십 년 후, 아름다운 나의 늙음을 위해 축배!

잊혀진 여인

'언프렌드unfriend'가 뉴옥스퍼드 아메리칸 사전의 올해의 단어로 선정된 적이 있습니다. 'un'이라는 접두사 탓에 얼른 '친구 안하기'로 번역했습니다. 사이좋은 친구가 된다는 말은 있어도 어떻게 친구를 안하도록 할 수 있는지 궁금했습니다.

"'unfriend'는 우리 식으로 말하면 '일촌 끊기'와 같은 의미로 페이스북 등 소셜 네트워크에서 '친구 목록 삭제' 등에 쓰이는 신조어"라는 기사를 읽고 고개를 끄덕였습니다.

몇 년 전 작은 딸아이가 친구랑 저녁에 카페에서 만나기로 했다는 말에 깜짝 놀랐습니다. 중학생이 친구랑 카페에서 만난다고? 그것도 저녁 시간에? 나도 모르게 어디서 만나느냐고 물어보았습니다. 그랬더니 "8시, 다음 카페에서"라고 대답했습니다. 사이버 공간의 카페를 저는 현실 공간의 카페로 착각한 것이지요.

얼굴과 얼굴을 마주 보며 맺는 관계도 정리할 줄 몰라 쩔쩔매고, 기껏해야 이메일만 사용하는 나는 사이버 세상에서 인간의 네트워크를 만든다는 것은 엄두도 못 내는 일입니다.

요즘 많이 사용하는 소셜 네트워크에서는 가까운 사람들을 등록해 친구 목록을 만든다고 합니다. 가장 친한 친구가 '일촌'이지요. 우리는 부모와 자식은 일촌, 형제자매는 이촌, 마주 보면 가장 가까운 사이지만 돌아서면 남이 되어 버리는 부부는 무촌이라 합니다.

그런데 사이버 세상에서 일촌은 그냥 가까운 사이라는 것을 나타내기 위함이랍니다. 일촌의 숫자가 많음은 자신이 인기 있다는 것을 과시할 수 있는 수단이기에 많은 사람이 등록하기를 바라는 것이지요. 일단 일촌으로 등록할 때는 서로 동의 하에 이루어집니다.

그와는 반대로 사이트 주인이 '친구 삭제하기' 혹은 '일촌 끊기' 항목을 상대방과 의논도 없이 클릭함으로써 둘의 관계는 끝이 납니다. 어느 날 내가 여전히 그 친구의 일촌이라 생각하고 접속했는데 그 친구가 나를 'unfriend' 시켜 버려 더 이상 가까이 갈 수 없는 상황이 생기게 됩니다.

'엄마, 수영 끊어 줘, 학습지 끊어 줘, 태권도 끊어 줘…' 하고 늘 엄마를 조르던 아이들이 사이버 세상에서는 자신의 의지로 마구 친구를 끊어 버리는가 봅니다.

어느 날 갑자기 내가 친구라고 생각하는 사람의 친구 목록에서 나도 모르는 사이에 삭제당해 한 마디 변명도 할 수 없고 가까이 갈 수도 없다면 어떤 기분일까요? 인간의 만남과 헤어짐이 클릭 한 번으로 쉽게 될 수 있는 일인가요?

저는 늘 다른 사람과의 관계를 생각할 때 여러 겹으로 싸여 있는 양파를 떠올립니다. 양파 가운데에 내가 있고 가장 가까운 껍질에 있는 사람들, 두 번째 껍질에 있는 사람들, 다섯 번째 껍질에 있는 사람들…. 나는 그 친구를 세 번째 껍질에 두었는데 그 친구는 나를 첫 번째 껍질에 두었다면 서로 기대가 어긋나 힘들어집니다. 비슷한 순위에 두도록 같이 노력해야 오랫동안 만날 수 있게 되겠지요.

요즘 수첩에 전화번호를 적어 다니거나 외우는 분은 거의 없습니다. 휴대전화에 저장해 두었다가 번호를 찾아냅니다. 어느 날 전화번호 추가를 눌렀는데 1,000명이 넘어 더 이상 저장할 자리가 없다는 메시지가 떴습니다. 그때 처음 번호 저장 한도를 알게 되었고, 내가 전화번호를 기억하고 싶은 분이 1,000명씩이나 된다는 사실에 놀랐습니다.

어쩔 수 없이 마음의 거리가 가장 멀다고 생각되는 분의 전화번호부터 수첩에 적어 두고 지우기 시작했습니다. 저와는 관계없는 단어인 줄 알았던 'unfriend'의 의미를 알기 시작하면서 말입니다.

요즘은 이러한 작업을 주기적으로 하고 있습니다. 삭제할 때마다 그분과 보낸 시간을 생각하며 한때는 가까운 사이였는데 지금은 왜 1,000명 밖으로 보내야 하는지 생각해 봅니다.

어떤 분이 나의 휴대전화에서 떠나감으로 세월이 지나면 나에게서 잊혀지는 사람이 되고, 나 또한 어떤 분에게서 '친구 삭제' 됨으로 인해 잊혀진 여인이 되겠구나 생각합니다.

20세기 초 프랑스의 여류시인이자 화가였던 마리 로랑생의 시를 떠올립니다.

권태로운 여인보다 더 불쌍한 여인은

슬픔에 젖은 여인입니다.

슬픔에 젖은 여인보다 더 불쌍한 여인은

불행을 겪고 있는 여인입니다.

불행을 겪고 있는 여인보다 더 불쌍한 여인은

병을 앓는 여인입니다.

병을 앓는 여인보다 더 불쌍한 여인은

버림받은 여인입니다.

버림받은 여인보다 더 불쌍한 여인은

쫓겨난 여인입니다.

쫓겨난 여인보다 더 불쌍한 여인은

죽은 여인입니다.

죽은 여인보다 더 불쌍한 여인은

잊혀진 여인입니다.

운명의 수레바퀴

　가을이 짙은 토요일 아침, 일상을 사무실에서 보내는 나 자신에게 문득 자유를 주고 싶었습니다. 시간에 구애받지 않는 나 혼자만의 호사를 누리고자 찾은 곳은 전시장이었습니다.

　파리보다 더 매력적인 프랑스 패션작가 사라 문의 사진 전시장. 1941년에 태어난 사라 문은 9년간 오뜨 꾸뛰르에서 패션모델로 유럽에서 활동한 후 29세에 카메라와 만났습니다. 드가의 그림처럼 흐릿하면서도 진한 여운을 주는 사라 문의 사진들 앞에서 나는 멋진 시간여행에 도취되었습니다.

　사진을 통한 떨림과 함께 전시장 가운데에 마련된 조그만 부스에서 15분짜리 단편영화 '서커스'를 볼 수 있는 건 큰 행운이었습니다. 안데르센 동화 '성냥팔이 소녀 이야기'를 사라 문의 방식으로 영상 작업한 것입니다.

좋지 않은 한 해였다. 서커스 단원 나타샤는 눈이 오는 날 밖에서 기다리고 있던 중국인 연인과 떠나 버린다. 단원들은 하나 둘 떠나가지만 둘째딸 잔느는 엄마를 기다린다. 사랑에 빠져 서커스장을 떠나 버린 엄마를 기다린다.

크리스마스 날이다. 그러나 서커스장에는 불이 켜지지 않는다. 눈이 내린다. 잔느는 금색 드레스를 입고 성냥을 팔러 나간다. 뛴다. 이 거리 저 거리를.

기차역에 도착한다. 한 해의 마지막 저녁, 거리에는 아무도 없다. 도로 중앙에서 성냥을 사라고 외쳐 보지만 아무도 없다.

트럭이 휙 지나가고 하마터면 잔느는 죽을 뻔했다.

성냥으로 몸을 녹이고, 눈을 감고 꿈을 꾼다. 별이 떨어지고, 성냥불을 지핀다. 그러자 운명의 수레바퀴에 달려 웃고 있는 엄마의 얼굴이 보인다.

잔느는 죽고… 또다시 눈이 내린다.

가을이 깊어 겨울이 다가옴을 느끼면서 머릿속에는 숱한 생각이 엉키고 가슴속에는 말할 수 없는 그리움과 안타까움, 애잔함으로 눈시울이 붉어집니다.

오래전 유학생이란 이름으로 드나들던 파리 퐁피두 센터. 도서관 가운데 있는 조그만 부스에서는 매일 좋은 필름이 상영되고 있었습니다. 그 부스 속에 나를 넣어 두고 싶었습니다. 잠시라도. 하지만 논문을 빨리 써야 하기에 1분도 낭비할 수가 없었고, 두 아이를 돌봐야 하는 엄마였기에 1초의 여유도 없었습니다.

안타까움만 잔뜩 안고 기웃거리던 그 시절이 애틋하게 그리운 한편, 여유있게 작품을 감상할 수 있는 지금의 상황에 갑자기 고마움이 밀려듭니다. 그런데 '서커스'의 영상이 계속 마음속에서 떠나지 않습니다. 이렇게 가슴 깊이 와닿는 이유는 무엇일까요?

잔느의 죽음. 그래, 엄마를 기다리다가 추위를 이기지 못해 죽어가는 어린 소녀가 우리를 슬프게 합니다. 하지만 잔느의 죽음보다 더 공감되는 것은 나타샤의 탈출입니다. 자신의 모든 것, 즉 일과 자식, 내 삶의 터전을 버리고 사랑하는 남자를 따라 떠나 버린 나타샤처럼 나도 훌쩍 떠나고 싶지만, 그렇게 할 수 없음을 안타까워하는 게 아닌지요.

내 나이 즈음의 여자라면, 운명에 자신을 훌쩍 던져 버리지 못했음에 대해 안타까움을 느낄 것입니다.

흔들리는 나뭇가지와 낙엽떨어진 거리에 자신을 던지고 싶습니다. 운명의 수레바퀴에 내가 어떤 모습으로 달려 있건 말입니다.

추억 열차

"수원까지 회의를 하러 오라니, 못 간다고 말할까? 아니, 그래도 가야지. 어떻게 가지? 차를 가지고 가면 힘들 테고 전철을 탈까?"

혼자 마음속으로 이랬다 저랬다 하다가 무지 추운 날 오후 서울역에서 무궁화호 기차를 탔습니다. 비둘기호, 통일호, 새마을호 이런 이름들이 있었다는 것만 기억할 뿐, 까맣게 잊고 있던 이름입니다. 수원역까지 2,500원. 지하철도 아니고 어딘가 멀리 갈 때 타는 기차를 이런 가벼운 요금으로 탈 수 있다고 생각하니 그냥 즐거웠습니다.

객실을 찾아가는데 멋쟁이 아가씨가 그려진 객실이 눈에 들어왔습니다. 바닥에는 카펫이 깔려 있고 동전을 넣고 사용할 수 있는 컴퓨터와 게임기, 바로 옆에는 노래방과 피로를 푸는 안마 공간이 있었습니다. 짧은 기차여행에 어떻게 하면 재미있는 경험을 다 할 수 있을지 갑자기 마음이 급해졌습니다.

우선 피로를 풀어야 회의에 도움이 될 것 같아 안마의자에 깊숙이 앉았습니다. 기계가 목, 어깨, 등을 정성스럽게 주물러 주고 다리도 꾹꾹 눌러 줍니다. 창밖엔 하얀 눈이 온갖 지저분한 것들을 모두 덮어 버려 깨끗했습니다. 영화 '닥터 지바고'의 장면들이 떠오르며 '라라의 테마'도 귓가에 들리는 듯했습니다.

곽재구의 시 '사평역에서'와 그 시를 읽고 소설로 만든 임철우의 '사평역'을 상상해 보았습니다. 광주 근처에 있을 가상의 눈 덮인 간이역 사평역에 가고 싶어졌습니다.

그러나 멋진 상상의 나래를 마음껏 펼칠 겨를도 없이 금방 수원에 도착했습니다.

서울로 돌아올 때는 동행이 있었습니다. 노래방에 가서 앞에 있는 화면을 보고 노래를 부를 수 있다는 것이 무척 신기했습니다. 어떻게 이런 생각을 할 수 있었을까요. 달리는 기차 밖으로 펼쳐진 광경들 – 어둠 속에 차가운 겨울 공기를 머금은 불빛, 하얀 눈 위로 반사된 투명한 밝음, 손님을 부르는 현란한 간판들이 어우러져 있습니다.

우리는 "너무 좋다, 진짜 좋다, 애인이랑 오면 정말 좋겠다"를 반복하며 즐거움에 취해 그저 깔깔 웃다 보니 서울역에 도착했습니다. 거리가 짧은 것이 몹시 아쉬웠습니다.

다양한 교통수단이 있지만 기차가 주는 느낌은 다릅니다. 어릴 적 외갓집에 갈 때 아저씨가 팔걸이에 앉아 슬그머니 밀면 나는 얼굴을 찡그리며 엄마에게 도움을 청했고, 수학여행 갈 때 기차가 깜깜한 터널 안으로 들어가면 우리는 그 틈을 타 담임선생님을 집단구타하기도 했지요.

요즘은 기차를 타고 영화도 볼 수 있고 공연도 즐길 수 있습니다. 세월이 변하면서 또 다른 추억을 갖게 해 주는 기차 여행에 고마움을 전합니다.

가장 소중한 마음속 간이역으로 다시 한 번 떠나고 싶다.

막차는 좀처럼 오지 않았다

대합실 밖에는 밤새 송이눈이 쌓이고

흰 보라 수수꽃 눈시린 유리창마다

톱밥난로가 지펴지고 있었다

그믐처럼 몇은 졸고

몇은 감기에 쿨럭이고

그리웠던 순간들을 생각하며 나는

한줌의 톱밥을 불빛 속에 던져주었다

내면 깊숙이 할 말들은 가득해도

청색의 손바닥을 불빛 속에 적셔두고

모두들 아무 말도 하지 않았다

산다는 것이 때론 술에 취한 듯
한 두릅의 굴비 한 광주리의 사과를
만지작거리며 귀향하는 기분으로
침묵해야 한다는 것을
모두들 알고 있었다
오래 앓은 기침소리와
쓴 약 같은 입술담배 연기 속에서
싸륵싸륵 눈꽃은 쌓이고

그래 지금은 모두들

눈꽃의 화음에 귀를 적신다

자정 넘으면

낯설음도 뼈아픔도 다 설원인데

단풍잎 같은 몇 잎의 차창을 달고

밤열차는 또 어디로 흘러가는지

그리웠던 순간들을 호명하며 나는

한줌의 눈물을 불빛 속에 던져 주었다.

            – 곽재우, ‘사평역에서’

혼자만의 여행을 꿈꾸며

"내 평생 매화꽃 구경 한번 못했다!"

이건 무슨 말씀일까요. 매화꽃을 못 보셨을 리 없는데. 다리도 불편하고 겨울 동안 아파트에만 계시던 어머니가 답답하셨던 모양입니다. 좋은 핑곗거리를 만들어 여동생과 함께 세 모녀가 꽃구경을 떠났습니다.

처음 가는 길이라 내비게이션이 시키는 대로 갔더니 정말 활짝 핀 매화가 우리를 반겨 주었습니다. 세상에 많은 발명품이 있지만, 길을 안내해 주는 이 기계만큼 고마운 건 없는 것 같습니다.

하얀 매화, 노란 매화, 붉은 매화… 긴 겨울을 이겨 낸 해맑간 얼굴들이 무척 예쁩니다. 포근한 섬진강을 따라 봄빛을 즐기며 이곳에 오래 머물면 누구든지 시인이 되고 화가가 될 것 같은 생각이 들었습니다.

모든 여자의 꿈은 혼자 여행가는 것이라고 합니다. 긴 머리카락 날리며 기차에서 홀로 내리는 여자, 철 지난 바닷가를 혼자 거닐며 번잡한 여름의 기억을 지우는 여자, 비행기 창가에 혼자 앉아서 책을 읽으며 커피를 마시는 여자. 아무도 관심을 가져주지 않기를 바란다면서 누군가가 보아주기를 기대하며 혼자 여행을 떠나고 싶어하지요.

부모 밑에서 얌전함을 강요받으며 자라고, 겨우 어른이 되어 마음대로 행동할 수 있게 되었을 때 한 남자를 만나 결혼하게 되고, 엄마가 됩니다. 여자는 약하지만 엄마는 강하지요. 생선을 다듬을 때 죽은 생선의 눈을 무서워하던 여자가 아줌마라는 이름을 갖게 되면서 세상에 두려운 것이 없어집니다.

그렇게 용감하게 아이들을 키우고, 그 아이들이 어른이 되어 자기 스스로 큰 것처럼 당당해질 쯤에는 마음 한구석이 휑하니 비어 버린 것 같습니다.

여태 무엇을 위해 살았던가. 나 자신을 위해 한 것이 아무것도 없음을 후회하기도 하고, 그 누구도 눈길 한번 주지 않고, 뭔가를 하고 싶지만 그게 무엇인지 알 수도 없고, 다시 시작할 자신도 없습니다.

혼자 여행하고 싶다는 꿈이 가슴속에서 꿈틀거립니다. 자기 자신을 찾아 떠나고 싶은 것이지요.

인생은 태어나서 죽음으로 가는 여행 아닌가요. 우리의 아주 나쁜 습관은 여행할 때 너무 급하게 목적지를 향해서 가는 것입니다. 이왕 가야 할 인생이란 여행인데 드라이브를 하면서 꽃구경도 하고, 경치도 보고, 잠시 쉬며 맛있는 것도 먹으며 쉬엄쉬엄 가면 어떨까요?

칼릴 지브란이 메리 헤스칼에게 이렇게 썼습니다.

어느 낯선 도시에 들어서게 되면

나는 낯선 곳에서의 식사와

낯선 곳에서의 잠자리를 사랑합니다.

낯선 곳에 앉아

이름모를 사람들을 바라보는 일을 사랑합니다.

나는 즐거이

외로운 나그네이고자 합니다.

지금까지 살아온 건 어쩔 수 없지만 그래도 자신있게 말할 수 있는 건 순간순간 최선을 다해 살아왔다는 것입니다. 외로운 나그네 흉내를 내며 나 자신을 찾을 수 있는 혼자만의 여행을 떠나고 싶네요.

고향을 그리며 고향을 그리다

'그리움'이라는 글자 그 자체는 그냥 그리움일 뿐입니다. 하지만 서러움과 슬픔이 가슴속 깊이까지 배어 나오는 그 그리움은 어떻게 표현해 낼 수 있을까요?

고향이, 고향에서의 추억이, 고향 사람들이 뼛속까지 사무치게 그리워한 설움이, 그 설움의 자국들을 화폭에 표현해 봅니다.

감수성을 일깨워 주고 그리움의 원천인 고향바다는 청색입니다. 바다와 하늘이 경계 없이 만나고 까마득한 옛 기억들이 중첩되면서 고향의 하늘이 현실의 하늘로 변해 버립니다. 바다, 파도, 달, 구름, 물고기, 나비, 새, 사람 등이 이야기를 만들어내며, 이야기를 담고 있는 한 편의 산문에 음악을 불어 넣으면 화면은 춤을 춥니다.

가고 싶어도 갈 수 없는 고향에 대한 그리움은 우리 시대의 응어리진 서러움으로 남습니다.

낙원을 산책하다

낙원으로 들어가는 문은 어떻게 생겼을까요?

푸생의 '아르카디아의 목자들' 그림이 영상으로 비치는 하늘거리는 발을 걷고 들어가면 양떼들이 우리를 맞이합니다. 시와 음악이 충만했던 아르카디아의 모습을 양떼를 통해 보여 줌으로써 전시의 서막을 알립니다.

20세기 이후 현대 예술가들에게 '아르카디아' 라는 낙원의 개념이 현대적 방식으로 어떻게 해석되고 표현되어 왔는지에 대하여 신화와 역사, 문학과의 관계를 통해 살펴보도록 기획한, 화가들이 꿈꾸었던 이상향의 다양한 모습을 체험할 수 있는 전시가 서울 한가운데에서 열렸습니다.

무릉도원은 도연명의 「도화원기桃花源記」에 나오는 상상 속에 존재하는 아름다운 곳입니다. 복숭아꽃이 아름답게 피어 있는 숲속 물길을 따라 갔다가 융숭한 대접을 받고 돌아온 그곳은 동양의 이상향이며, 세상 밖에는 있겠지만 세상에는 없습니다.

하지만 서양의 이상향인 아르카디아는 그리스 남부 펠로폰네소스 반도 중앙에 있는 주로 목축을 하며 사는 고립된 지역입니다. 그리스 역사가 폴리비우스의 고향인 이곳은 땅이 척박하고 사람들은 헤르메스의 아들 목신 '판'을 숭상하며 노래를 즐기고 매년 음악경연을 한다고 합니다. 시인 베르길리우스는 척박한 땅을 축복과 풍요의 낙원으로 재창조하였습니다.

그는 시에서 "아름다운 대자연에서 목동들은 소박한 삶에 만족하고 질투와 시기가 아닌 우애와 사랑을 다진다. 자신의 삶의 원류인 자연과 조화롭게 공생하며 행복을 누린다"고 했습니다. 하지만 항상 밝고 행복만이 가득 찬 것은 아닙니다. 그곳 역시 풍요, 허무, 쾌락, 좌절, 상실, 죽음이 존재합니다.

인상주의의 마지막 화가라고 불리는 보나르의 '꽃이 핀 아몬드 나무'는 그의 생애 마지막 작품입니다. 자유로운 붓터치를 통하여 표현한 만발한 꽃과 나뭇가지는 자연에 대한 숭고한 감정을 드러낸 것이지요.

해마다 꽃이 피고 지고 열매를 맺던 아몬드 나무를 화가는 평생 몇 번이나 보았을까요? 죽음이 가까이 온 봄날, 그린 작품에 서명을 할 힘조차 없던 그날에도 창 너머로 보이는 활짝 핀 아몬드 꽃을 화폭에 담으며 지나온 삶을 회상했을 것입니다. 흐드러지게 핀 화사한 꽃은 단 한 번의 삶밖에 살지 못하는 인생의 여정을 표현한 것이 아닐까요.

마티스의 '낙원'은 강렬함으로 표현됩니다. '실내' 연작 중 마지막 작품인 '붉은색 실내'는 그의 작품 세계가 가장 잘 표현되었다고 합니다. 강렬한 붉은색 바탕이 시선을 압도하고, 구도와 색상이 조화를 이루어 풍요로움을 담아내고 있습니다.

거울 앞에서 달콤한 잠에 빠진 여인의 풍만함과 육감적인 모습을 너울거리는 듯한 형태와 색채로 표현한 피카소의 '누워 있는 여인'은 아르카디아에서 누릴 수 있는 쾌락을 표현한 겁니다.

미로의 '블루'는 우주처럼 넓은 캔버스에 펼쳐진 파란 공간에서 밤과 낮을 동시에 느끼게 해 줍니다. 창공의 빛들이 가득 들어차 있지요.

강렬한 붉은색 배경을 가로지르는 샤갈의 흰 빛 '무지개'는 환상 속 풍경과 인물을 비추는 역할을 합니다.

에른스트의 '프랑스 정원', 레제의 '여가-루이 다비드에게 표하는 경의', 피카비아의 '햇빛 속 수영복을 입은 여인' 등 어느 하나 빠트릴 수 없는 소중한 작품을 만날 수 있으니 낙원을 산책하는 일이 무척 행복합니다.

마지막에는 네 벽의 바닥부터 천장까지 쌓인 2001년 프랑스 아비뇽에서 딴 월계수잎의 마른 향기를 들이마실 수 있습니다. 페노네의 설치 작품 '그늘을 들이마시다'를 머리와 마음으로 느끼며 현실로 돌아옵니다.

평온한 세상의 서정성을 극대화시키면서 이상향으로 향한 인간의 희망을 표현한 푸생의 '아르카디아의 목자들'이라는 작품에는 '아르카디아에도 내가 있다'라는 부제가 달려 있습니다.

내가 살고 있는 현실이 복잡하지만 이곳을 아르카디아라 생각하고 나도 그곳에 있노라 하고 외치고 싶습니다.

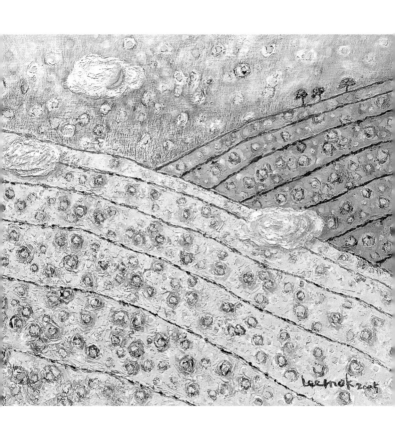

미완의 풍경 앞에서

오늘은 여행을 떠나고 싶습니다. 내 안을 들여다보고 싶어서 자연을 찾아 떠납니다. 풀과 숲과 산을 품은 대지는 어머니의 품처럼 따스하고 포근합니다.

묵묵히 뿌리를 내리고 서 있는 나무둥치에는 세월의 흔적이 묻어 있고 시간이 겹겹이 쌓여 있습니다. 가물가물한 어린 시절로 시간여행을 떠나 외갓집 뒷산에서 보았던 할미꽃을 떠올립니다.

하지만 문득 대하게 되는 낯선 풍경에 현실로 되돌아옵니다.

생의 빛나는 때인 봄은 오지 않고 꽃을 피우지도 못했는데, 열매를 맺어 버리거나 열매도 맺지 못하고 시들어 버린 살구나무가 눈앞에 펼쳐집니다. 이성복 시인의 시처럼.

터져 버린 동맥처럼 콘크리트 밖으로 튀어나온 철근들은

욕망의 핏빛으로 녹슬어 있고, 자신을 감추고 드러낸 문과 창을 달지 못한 알몸은 거칠기만 하네요.

　새잎을 돋아내고 잎을 무성하게 하고 색을 입히고, 내년을 위해 쉬는 나뭇가지들, 무심한 듯하지만 몇만 볼트의 전류를 속으로 전하고 있는 전깃줄, 집 안으로 시나브로 오가며 멈춤 자체가 소멸인 바람, 제 역할이 있고, 그것으로 자신을 드러내는 그 풍경. 그 풍경들 속에서 자신의 정체성을 위협받으며 낯설게 서 있는 빈 집은 욕망이 쉽게 좌절되는 현대인의 모습을 투영하고 있습니다.

　무수한 욕망들이 뜯다만 뚜껑을 단 채로 버려진 인스턴트 그릇들처럼 버려져 있습니다. 그러나 우리는 여기서 또 다시 시간여행을 할 것입니다. 사람을 담고자 하는 목적을 향해 가는 한 지점에서 멈추어 버린 '집'에 사람을 그려 넣자고.

축복 · 둘

커피 한 잔, 행복 한 모금

아침 시간은 늘 분주합니다. 두 아이를 깨워서 씻기고 먹여 학교에 데려다 줍니다. 나도 학교에 가야 하기 때문에 전철 안에서 몇 번씩 시계를 들여다봅니다.

학교로 마구 뛰어가다가 파리 시내 카페에 앉아 있는 사람들을 힐끗 보면서 무척 부러웠습니다. 파리의 많은 문인들과 철학자들이 글을 쓰고 토론도 하던 카페를 눈길 한 번 줄 여유도 없이 빠른 걸음으로 지나가야 했습니다.

언제쯤이면 나도 차 한 잔을 앞에 두고 신문이나 책을 읽을 수 있는 여유를 가질 수 있을까 늘 생각했습니다. 카페 안의 따뜻한 공기, 은은한 커피 향기, 느긋하게 하루를 시작하는 사람들의 편안함을 상상하며 그 공간 속에 내가 있기를 간절히 원했습니다.

학위 논문 심사를 받는 날, 힘든 공부가 끝나는 그날 남편이 무엇을 하고 싶은지 묻기에 서슴지 않고 카페에 가자고 했습니다. 단 몇 시간이라도 아이들 걱정에서 벗어나

아늑하면서도 활기찬 카페 안에서 거리를 지나가는 사람들을 구경하며 몇 년 동안 고생한 것을 보상받고 싶었습니다. 그날 오후 카페 네 군데를 옮겨 다니며 아침마다 간절했던 그 마음을 달랬습니다.

두 아이를 키우면서 어떻게 공부했느냐는 질문을 많이 받습니다. 그럴 때마다 제 대답은 아이들 덕분이었다고 합니다. 어른 둘만 있으면 게을러질 수도 있는데, 아이들을 학교에 보내야 하니 무조건 일어나 움직여야 하고 어쩔 수 없이 부지런해져야 했다고요.

하루하루는 힘들고 길지만 1년, 2년, 10년은 금방 지나가는 것 같습니다. 야단법석의 세월, 내 시간을 갖고 싶어 안달하던 그 순간들이 어느새 휙 지나가 버렸습니다.

몇 주 전에 좋은 생각이 떠올랐습니다. 아침을 카페에서 즐기는 것이지요. 잘 모르는 외국 음악, 따스한 햇살, 커피 향기, 사람들의 이야기 소리, 약간의 버터 향이 어우러져 평소에 느껴보지 못한 모든 것이 새로운 여유로움으로 다가왔습니다. 여행지에서 아침을 즐기는 기분으로 카페 창 너머 작은 정원도 구경하며 식사를 했습니다.

그 다음 주말 아침 여행에는 친구를 불렀습니다. 다음 주에는 저 혼자 떠나보려 합니다. 커피 한 잔 옆에 두고 노트북을 펼쳐 글을 쓰는 그런 여행을 해 보고 싶습니다.

인생은 긴 것 같지만 길지 않고, 짧은 것 같지만 짧지 않다

는 것을 느끼면서, 힘들지만 아름다운 지난 기억을 되살립니다. 간절히 하고 싶었던 조그만 일이 이루어졌을 때 느낄 수 있는 것이 행복이고, 그것은 멀리 있는 것이 아니라 커피 한 잔에 있다는 것을 깨달으면서 말입니다.

라벤더 향기

거리는 크리스마스 장식으로 요란스러워지고, 지나가는 사람들도 괜스레 마음이 들뜨고, 좋은 사람과 함께 화려한 조명 옷으로 갈아입은 나무 아래를 걷고 싶은 12월입니다.

나의 기억 속에 가장 오래된 12월은 대여섯 살 무렵 조명으로 휘황찬란한 중앙통 거리를 식구들과 함께 걸었던 날입니다. 물론 '도나쓰'도 먹고 '쇼빵'도 먹었을 테지요. 초등학교 때는 담임선생님이 크리스마스 씰을 나누어 주셨고, 국군장병에게 위문편지 쓰기, 위문품 학교에 갖고 가기가 이 계절의 연중행사였습니다.

프랑스에서 우연히 여름휴가 때 네덜란드 할머니 한 분을 만났습니다. 정년 퇴임하고 혼자 네덜란드에서 출발하여 스페인까지 한 달 동안 여행하고 집으로 돌아가는 길이라고 했습니다. 이런저런 얘기를 나누다 크리스마스 때 한국에 가느냐고 물어보셨습니다. 그냥 파리에 있을 거라고 했더니 아인트호번에 있는 할머니 집으로 우리를 초대하겠다고 했습니다. 물론 주소는 주고받았지만 그냥 하는 얘기라 생각하고 전혀 기대하지 않았습니다.

그런데 정말 12월 초에 편지가 왔습니다. 초대장이었지요. 집 주소며 3층에 우리가 묵을 방에 어른 침대와 아이 침대를 함께 넣으니 좁더라도 이해해 달라, 간이침대여서 불편할 거다, 라벤더향 초를 준비할 건데 그 향을 좋아하느냐, 아들 가족도 와서 이틀 동안 지낼 건데 불편하지 않겠느냐며 소소한 것까지 마음을 쓰는 친절한 편지에 깜짝 놀랐습니다.

할머니 댁으로 가기 전 몹시 긴장했습니다. 처음으로 외국인 가족과 일주일을 보내게 되니 문화적 차이를 어떻게 극복해야 할지, 파티도 한다는데 무엇을 준비해 가야 할지 걱정이 앞섰습니다.

결혼한 아들 부부는 초등학생 아들을 데리고 왔고, 큰딸은 남자친구와 함께, 작은딸은 혼자 와서 크리스마스 전날 파티를 열었습니다. 모두 반짝이는 블라우스에 깔끔하게 차려입고 은식기로 식사하는 모습을 보며 가족 파티도 격식을 갖춰야 한다는 것을 알았습니다.

어른들은 언어의 장벽 때문에 어색하게 있었지만 아이들은 금방 친구가 되었습니다. 우리 딸이 할머니의 손자에게 '오빠'라고 불렀더니, 그 아이는 그게 무슨 뜻인지도 모르고 우리 딸을 '오빠' 라고 부르며 숨바꼭질을 하면서 온 집 안을 뛰어다녔습니다.

아침 식사 때 "오늘은 이 할머니의 할머니를 생각하며 식 사할까?" 하시더니 할머니의 할머니가 쓰던 식탁보와 찻잔 을 꺼냈습니다. 금이 가고 이가 빠진 찻잔에 차를 마시며 자신의 할머니에 대한 기억을 얘기해 주었습니다.

우리가 조상을 잘 모신다고 하지만, 생활 속에서 늘 생각 하는 그들의 모습을 보고 놀랐습니다. 그후에도 크리스마 스 때마다 에디트 할머니는 우리를 초대해 주셨습니다.

그 다음해에는 한복을 갖고 오라고 하셨고, 딸과 저는 네 덜란드 작은 도시의 크리스마스 미사에 한복을 입고 참석 했습니다. 지금 돌이켜보면 정말 고마운 분입니다.

오래전 동양에서 온 불쌍한 유학생에게 가족처럼 대해 주셨던 그분의 '배려' 하는 마음을 이제야 알 것 같습니다.

많은 사랑을 받았지만 한국으로 오고 몇 년은 연락이 있 었는데 이제는 완전히 끊어지고 말았습니다. 바쁘다는 핑 계로 그 고마움을 잊고 살았는데, 이번 크리스마스에는 에 디트 할머니에게 '행복, 추억, 축하' 의 의미가 담긴 포인세 티아 화분 하나 보내 드리고 싶습니다.

할머니, 어디 계세요?

소꿉놀이

아는 분이 메일을 보내왔습니다. '주말에 식구들과 시골 집에 놀러 오세요'라고. 식구들이라는 단어가 약간 어색했습니다. '세 식구, 네 식구, 다섯 식구'는 편안한데 둘일 경우에는 '단 둘'이라고 말하는 것이 어울리는 것 같습니다.

갑자기 머릿속 필름이 거꾸로 돌아가면서 한 장면이 떠오릅니다.

'아빠, 빨리 나와!'

'언니, 뭐해?'

'잠깐만.'

'야! 나 늦었어'

'응. 다 됐어…'

목욕탕이 하나뿐인 아파트에 살 때 우리 식구의 아침은 화장실 앞에서 소리 지르기로 시작되었습니다. 프랑스에 있을 땐 아무리 작은 아파트라도 목욕탕과 화장실이 분리되어 있어 문제가 없었는데, 우리나라에선 한 공간을 같이 사용해야 하기에 아침은 소란스러울 수밖에 없습니다.

식탁에서도 와글와글 이것 먹어라, 저것 먹어라, 빨리 먹어라 등 각자 나가는 시간이 다르니 오다가다 먹기도 하고, 제대로 천천히 먹지 않는다고 꾸중도 하고….

야단법석의 세월이 그렇게 금방 지나갈 줄 몰랐습니다. 지금은 단 둘이 살기에 방들은 비어 있고, 각자의 목욕탕이 있어서 소리 지를 필요도 없고, 오히려 냉장고에 있는 음식 재료가 상할까 걱정할 정도입니다.

며칠 전 아침 식사를 준비하려니 별로 신통한 재료가 없었습니다. 냉장고에 있는 것들을 다 꺼냈습니다. 그리고 최근에 사온 접시 두 개를 나란히 놓았습니다. 그 위에 계란 하나 삶아 둘로 나누고, 삶은 감자도 둘로 나누고, 귤·키위는 반쪽씩, 딸기는 5개….

그러다 문득 어릴 적 소꿉놀이가 생각났습니다. 그 시절에는 흙으로 밥을 짓고, 풀 뜯어 반찬을 만들었는데 지금은 진짜 재료로 소꿉놀이를 하는 것 같습니다.

소꿉놀이 할 때는 각자 역할을 분담하는 것부터 시작합

니다. 힘센 남자애가 제일 좋은 역을 맡습니다. 임금님을 하기도 하고, 선생님도 합니다. 스스로 아빠 역을 주고는 자기 마음에 드는 여자애에게 엄마 역을 맡깁니다. 나는 엄마를 하고 싶었는데, 그 남자애가 다른 여자애를 고르는 바람에 식모를 했습니다. 어떤 날은 가위바위보로 역할을 나누었습니다. 그날은 계속 지기만 해서 목에 끈을 매고 주인 뒤를 따라다니는 강아지를 했습니다.

인생은 소꿉놀이 같다는 생각이 듭니다. 마음에 들건 들지 않건 각자의 역할이 있습니다. '너는 신랑, 나는 각시'의 역할로 한 집에서 살기도 하고, '엄마와 딸', '선생님과 학생', '사장님과 직원' 등 많은 관계 속에 각자의 역할이 주어집니다. 하루의 소꿉놀이가 끝나면 다음 날은 다른 주제로 배역을 다시 정해 놀게 됩니다.

항상 원하는 역할만 하면서 살 수 없는 게 인생입니다. 내가 원하는 역할이건 원하지 않는 역할이건 매일매일 소꿉놀이를 재미있게 하며 사는 인생을 만들고 싶습니다.

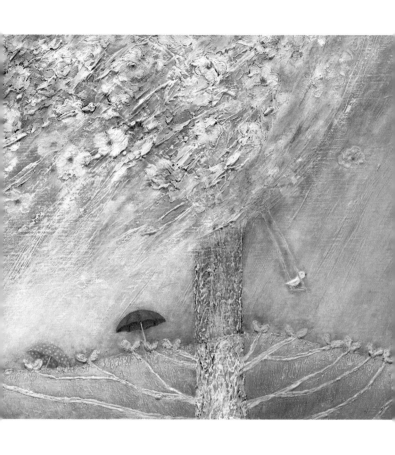

일요일 아침 선물

흙과 가까이 살고 싶어 효자동으로 이사한 적이 있습니다. 프랑스에서 태어나 어린 시절을 그곳에서 보내고 서울에 온 후 아파트에서만 살았던 매우 섬세한 성격의 둘째아이가 어떻게 받아들일지 염려스러워서입니다.

저녁시간이면 데리고 나가 동네를 한 바퀴 돌면서 푸근한 고향에 온 듯한 나의 감정을 전달하려 애썼지만, 아이는 좁은 골목길에 쌓아 둔 쓰레기와 악취를 지적하며 지난번에 살던 곳이 훨씬 좋다고 투덜댑니다.

하지만 나는 재래시장의 작은 점포에 아무렇게나 쌓아 놓은 물건들이며 바닥에 앉아 콩을 까고 파도 다듬는 할머니의 모습이 정겹고 좋습니다.

영화 '효자동 이발사'의 한 장면 같은 이발소를 발견했을 때는 시간여행을 하는 것 같아 마냥 즐거웠습니다. 한 달쯤 지나서 엄마가 이야기하는 '인간적'이라는 말을 이해하겠다고, 그리고 이사 오길 정말 잘했다는 말까지 해 주어

얼마나 고맙던지요.

어느 일요일 아침, 딸아이와 마음이 통했습니다.

"우리 오늘 경복궁 담을 따라 한 바퀴 돌고 올까?"

우리는 운동화를 신고 뛰어나갔습니다. 담을 따라 걷다가 민속박물관 앞에 이르러 혹시나 하고 매표소에 가서 물어보았습니다.

"정원만 산책할 수 있나요?"

물론 돈을 내지 않기를 바라면서요.

와, 일요일은 무료라네요.

파리 룩셈부르 공원에서 아이와 많은 시간을 보냈습니다. 매주 일요일엔 루브르 박물관을 찾았구요. 요즘은 일주일 내내 입장료를 받지만 우리가 유학하던 그때는 일요일은 무료였습니다.

아이 숙제를 해결하기 위해서나 외국 손님이 오셨을 때 의무감으로 가던 경복궁이었는데, 공짜로 입장하니 기대하지 않았던 선물을 받은 것 같아 무척 즐거웠습니다. 아직 관람객이 들어오지 않은 궁궐 안을 돌아다니니 모든 것이 새롭게 감동으로 와 닿았습니다.

배고픈 것을 참으며 수문장 교대식까지 보고 돌아오는데 무척 상쾌했습니다. 커다란 선물을 받은 듯이 말이죠.

마음속엔 벌써 봄이

유난히도 추웠습니다. 머뭇거리지도 서성대지도 않고 송이송이 내려온 눈이 세상을 하얗게 덮어 버렸습니다. 뽀드득 뽀드득 눈 위에 발자국을 내기도 하고, 눈을 치우며 개구쟁이처럼 장난도 쳐보았습니다.

부엌에서 설거지를 하며 인왕산의 설경을 감상하곤 했는데, 이제 그 눈들이 사라져 버렸습니다. 오늘도 무척 추운 아침이지만 햇빛의 표정과 공기 냄새가 달라졌습니다. 24절기 중 첫째인 입춘이어서 그런가 봅니다.

겨우내 쌓인 집안 곳곳의 먼지를 털어내고 농기구를 꺼내어 새해 농사 준비를 하며 바빠지기 시작하는 날입니다.

국립고궁박물관에서 입춘방立春榜을 써주는 행사가 있었습니다. 모처럼 현대식 건물에서 먹 냄새를 맡았습니다. 새로운 한 해의 행운과 건강을 기원하는 글을 받아왔지만 대문이나 기둥이 없는 아파트 어디에 이 글을 붙여야 할지 모르겠습니다.

파리의 겨울은 무척 을씨년스럽습니다. 우산을 쓰지 않아도 될 정도의 비가 자주 내리고 아침에도 가로등 불빛을 받으며 학교에 가야 합니다. 오후 4시쯤 겨우 해를 구경한다 싶으면 5시쯤에는 또다시 어두워집니다. 온도가 그리 낮은 건 아니지만 습기와 함께 피부에 스며드는 추위는 뼈까지 시리게 만듭니다.

11월부터 이런 날씨가 계속되니 봄이 무척 기다려지고 해를 구경하고 싶은 마음이 점점 더 커집니다. 2월 중순경 파리에도 '꼬레-자뽕^{한국-일본}'이라 부르는 개나리가 피는데, 친구에게 봄인데 아직 왜 이렇게 춥고 해를 볼 수 없느냐고 물었더니 눈을 크게 뜨고 대답했습니다.

"아직 봄 아니야! 봄은 3월 21일부터 시작되는 거야!"

우리는 봄비 내리는 우수, 개구리가 겨울잠에서 깨어나는 경칩, 그리고 춘분까지 기다리지 않고 입춘부터 마음의 봄이 시작되지만, 프랑스 사람들은 달력에 표시된 날짜로 계절을 받아들이는 것을 알았습니다.

정^情이라는 단어로 표현되는 우리 정서와 생각하므로 존재한다는 데카르트의 합리주의로 사는 서구식 문화의 차이인가 봅니다.

글로벌화된 세상에 살다보니 입맛의 평준화, 의상의 동일화가 이루어졌습니다. 세계 어디서든지 스타벅스 커피를 마시고, 맥도날드 햄버거를 먹으며, 동일한 상표의 옷을 입게 되었습니다. 영화도 전 세계인이 동시에 보게 됩니다.

얼굴색이 달라도 사는 곳이 달라도 같은 것을 공유하기에 우리는 하나라는 느낌을 가질 수 있는 좋은 점이 있습니다. 그렇지만 각 지역이나 문화의 다름은 항상 호기심을 자극하고 경쟁력 있는 상품이 될 수 있습니다.

입춘에 행하는 '아홉 차리'라는 세시풍속이 있습니다. 각자의 일을 아홉 번씩 부지런하게 되풀이하면 한 해 동안 복을 받고 그렇지 않으면 화를 입는다고 했습니다.

상큼한 냉이된장국, 봄동 겉절이, 달래무침이 입맛을 살려 주는 절기로 새로운 해가 시작되는 입춘. 좋은 일만 있기를 기원하면서 마음에 드는 글 몇 개 골랐습니다.

올해는 어떤 입춘첩을 붙여 두고 싶으신지요?

立春大吉 建陽多慶 입춘대길 건양다경

봄이 오니 크게 길하고 기쁜 일이 많이 생기길

掃地黃金出 開門萬福來 소지황금출 개문만복래

마당을 쓸면 재물이 나오고 문을 열면 만복이 들어오기를

門迎春夏秋冬福 戶納東西南北財 문영춘하추동복 호납동서남북재

문으로 사시사철 복을 맞아들이고
집으로는 동서사방에서 재물이 들어오기를

壽如山 富如海 수여산 부여해

산과 같이 건강하고 바다와 같이 넉넉한 부자가 되시길.

상상력의 평준화

나는 '그림 보기'를 무척 좋아합니다. '예술의 도시'라는 파리에 10년을 살며 가장 열심히 한 것은 미술관 순례입니다. 그러다 보니 귀국 후 강단에도 서지만 갤러리도 운영하게 되었습니다.

내가 화랑 명함을 내밀면 당연히 미술을 전공했을 거라 여기는 이들이 많지만, 나는 그저 미술 애호가일 뿐입니다.

그런데 나와 인사를 나누는 사람 중엔 비싼 그림을 사 줘야 하는 거 아닌가 하고 부담을 느끼는 이들이 많았습니다. 그리고 대부분 "그림을 볼 줄 몰라서…" 하고 고개를 갸웃거립니다. 글쎄, '그림을 볼 줄 모른다'는 것은 잘못된 말 같습니다. 본다는 것은 그냥 보면 되는 것이지요.

아침에 눈을 떴을 때 세상이 나의 눈에 들어오듯 전시장에 가서 내 눈에 들어오는 그림을 그냥 보고 느끼면 됩니다. 꼭 시험문제 풀듯 정답을 찾아낼 필요는 없습니다.

미술을 감상하는 것은 나의 감성이 무디지 않고 바람 부는 대로 흔들리듯 부드럽게 하기 위함이 아닌가요. 그림을 잘 보았는지 못 보았는지 누가 성적을 매기는 것도 아닌데 말입니다.

우리는 정답 맞히기에 지나치게 민감합니다. 지금 생각해 보면 나는 무척 용감한 엄마였나 봅니다. 두 딸이 시험지를 들고 왔을 때 아이가 분명히 틀렸는데도 "너처럼 생각할 수도 있어. 선생님이 문제를 잘못 냈을 수도 있단다." 이렇게 얘기했습니다. 개인의 입장을 묻는 주관식 문제라면 모를까, 수학이나 과학의 객관식 문제에 정답 아닌 다른 답이 있을 리 없지요. 그래도 모르는 척 아이 편을 들어주곤 했습니다.

즐거움, 행복함, 괴로움, 기쁨, 슬픔 같은 정서적인 것들을 아이들은 울음과 웃음으로 표현합니다. 솔직히 느끼면 되는 것이지요. 누가 슬픔이라는 감정을 가르쳐 주었나요? 기쁨을 가르쳐 주었나요? 느끼는 것을 그저 느낄 뿐입니다.

펜로즈는 「황제의 새 마음」이란 책에서 요즘 우리 생활의 일부분인 컴퓨터의 인공지능을 만드는 학자들의 마음을 안데르센 동화 '벌거숭이 임금님' 에 비유하고 있습니다.

아담이라는 아이가 울트로닉이란 컴퓨터 시험 가동식에 참석합니다. 컴퓨터 설계 책임자는 "이 컴퓨터의 논리회로 숫자는 이 나라 온 국민의 신경세포 수보다 더 많다"면서 열심히 설명했습니다. 그리고 청중에게 질문을 하라고 했을 때 모두 아무 말도 못합니다. 전지전능한 지능에 겁먹고, 자신의 무식함이 드러날까 두려워서 말이죠.

그러자 아담이 손을 번쩍 들고 질문했습니다.

"울트로닉은 어떤 기분인가요?"

컴퓨터는 답을 할 수 없었습니다. 질문 자체를 이해하지 못했기 때문이지요. 모든 것을 다 아는 컴퓨터가 질문을 이해하지 못하다니, 말이 될까요. 엄숙하던 발표장은 아담의 질문으로 웃음꽃이 피었습니다.

'임금님은 벌거숭이'라고 외치던 용감한 아이처럼 내가 느끼는 감정은 그 자체로 최고의 아름다움입니다. 작가의 의도가 무엇인지, 이 작가가 미술사조에서 어떤 위치를 차지하는지, 이 그림 가격이 얼마인지, 투자가치가 있는지 등은 그 다음 문제입니다.

요즘은 눈이 바쁜 세상입니다. 볼거리가 넘쳐납니다. 학창시절 나는 좋아하는 노래가 있으면 그 가사를 생각하며 머릿속에 그림을 그려보곤 했습니다. 친구들도 각자 자기만의 그림을 그렸을 테지요.

그런데 요즘 세대는 뮤직비디오 덕분에 노래를 소리로, 혹은 마음속 이미지로 보는 것이 아니라 영상 그 자체를 머릿속에 입력시킴으로써 모두 똑같은 상상력으로 살고 있습니다. 상상력의 평준화가 되고 있다고 할까요. 그 상상력이 창의력의 밑거름이 될 수 있는데 말이죠.

바쁘다는 것을 핑계 삼아 나 자신의 감성을 가슴 깊숙이 묶어 두지 말았으면 좋겠습니다. 예술을 즐길 수 있는 공간은 우리 주위에 무척 많은데 우리가 가까이 다가가지 않을 뿐입니다.

아는 만큼 보인다는 말에 주눅 들지 말고 보는 만큼, 그리고 느끼는 만큼 삶을 풍요롭게 보낸다는 확신을 갖고 전시장으로, 공연장으로 나를 옮겨 보면 어떨까요?

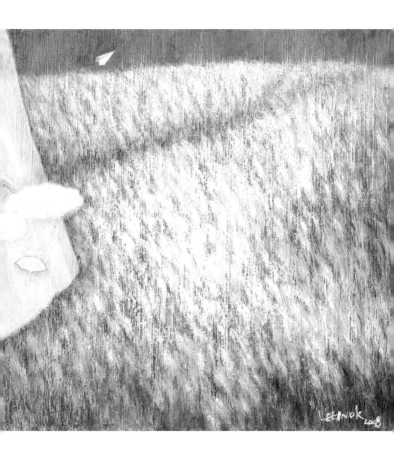

또 다른 나의 이름

외국 공항에서의 일입니다.

"수영이 엄마, 한국에서 못 보고 여기서 보네!"

같이 갔던 일행들이 눈을 크게 뜨고 나를 쳐다보았습니다. 사회에서 만나 명함으로 알게 된 분들이라 나의 또 다른 이름을 모르고 있었기 때문입니다.

한국 여성들은 부모님이 지어 주신 이름에서 누구의 엄마로 불리며 살아갑니다. 그런데 요즘은 달라졌습니다. 저출산 때문에 정부는 대책을 세우느라 바쁩니다. 누구의 엄마로, 한 명의 사회인으로 살 수 있도록 서로 돕는 것이 중요하다고 생각합니다.

하영이, 수영이 엄마인 것을 무척 자랑스러워하는 나의 지극히 개인적인 이야기를 들려주고 싶습니다. 미래의 좋은 나라를 기대하면서.

첫아이를 데리고 세 식구가 용감하게 유학을 떠날 수 있었던 건 프랑스에서는 만 두 살 반부터 학교에 다닌다는 이야기 덕분이었습니다. 처음에는 잠깐씩 맡아 주는 놀이방에 일주일에 한두 번 보내어 적응시킨 다음 유치원에 보냈습니다. 딸아이는 오전 8시 20분부터 오후 4시 20분까지 학교에 있었습니다.

첫날, 마치는 시간에 갔더니 청소를 도와주는 아주머니가 아이가 점심을 안 먹었으니 교장선생님을 뵙고 가라고 했습니다. 프랑스 음식에 익숙지 않아서 그런 것 같은데 뭘잘 먹는지 말해 달라고 하더군요. 미안해서 다음 날은 도시락을 준비했는데 다행히 딸아이가 친구들이랑 어울리며 급식을 잘 먹어 쉽게 해결되었습니다.

생각지도 않았던 둘째아이가 생겼습니다. 의사를 찾아가 낙태 수술을 하겠다고 했더니 이유를 물었습니다. 유학생인데 공부가 거의 끝나 한국에 가서 아이를 낳고 싶다고 했더니, 한참 생각한 다음 낙태 후 주의사항에 대해 교육을 받아야 수술이 가능하다고 했습니다.

예약 날 아침 교육장에 가려니 전철을 타고 또다시 버스를 타야만 했습니다. 귀찮다는 생각이 나의 발걸음을 멈추게 하였고, 귀중한 생명을 나의 의지로 없앨 수 있는지 자문해 보았습니다. 또 정기 검진을 비롯한 병원비가 무료이고, 소득과는 상관없이 산모에게 일정 금액이 매달 지불되었습니다.

출산 분위기도 한국과 달랐습니다. 산모는 환자가 아니라며 자기 잠옷을 갖고 오라고 했습니다. 분만실에서도 아빠가 함께 있으면서 아이와 첫 인사를 나누었고, 퇴원할 때 전화비만 내고 왔습니다.

엄마의 건강이 다시 좋아질 수 있도록 출산 3주 후부터 매주 한 번 10주 동안 가까운 운동치료실을 다녀야 하고, 비용은 의료보험에서 지불합니다. 직장 다니는 엄마들은 생후 2개월부터 보육원에 아이를 맡길 수 있습니다.

또한 국가가 인정하는 개인 보모에게 아이를 맡길 수 있는데, 국가에서는 개인 보모의 집 시설 등을 꼼꼼히 점검하고, 오후에 낮잠을 재우고 공원에 데리고 나가도록 하는 등 엄격한 규율을 정해 놓았습니다. 보모는 국가에 등록이 되어 있고 수입에 따라 세금도 내야 합니다.

우리는 둘째아이를 아파트 바로 옆 라인에 사는 보모에게 맡기고 공부를 계속했습니다. 만 두 살 반부터 정규 학교인 유치원에 다니고, 만 다섯 살부터 초등학교에 갑니다. 책, 공책 등 수업에 필요한 것들은 학교에서 제공합니다. 집에서 준비해야 할 것은 미리 알려 주고요.

훌륭한 사회제도 덕분에 아이를 키우면서 공부할 수 있었던 그 나라에 고마움을 느낍니다. 우리나라도 일하는 많은 여성들에게 꼭 필요한 제도가 정착되길 기대해 봅니다.

까치 설날, 우리 설날

    미국 '보스턴 어린이 박물관'에 근무하는 한국인 교육담당자로부터 이메일이 왔습니다.

    "미국에서는 구정을 '중국 새해, Chinese New Year'라 부르며 중국 관련 행사를 많이 진행하고, 보스턴 어린이 박물관에서도 중국 전통을 체험할 수 있는 프로그램이 개발되어 있습니다. 또한 보스턴 시는 30여 년 전에 일본 교토와 자매결연을 맺어 박물관 내에 실제 일본 전통집이 전시되어 있고, 일본 문화 교육자를 후원해 일본 관련 교육 프로그램이 많습니다. 저도 박물관에서 일하며 일본 관련 프로그램들을 많이 가르쳤습니다.

    이렇게 음력 새해는 중국과 일본이 독점하고 있었는데 올해는 한국을 알릴 수 있는 특별 기회를 얻었습니다. 그래서 '한국의 날-한복 체험하기'를 성공적으로 치르기 위해 어린이용 한복을 기증받기 원합니다. 한복의 날을 급하게 만들었지만, 안타깝게도 아직 보스턴 어린이 박물관에는 한복이 한 벌도 없습니다. 박물관 컬렉션에는 한복을 입은 인형들이 있지만 어린이들에게 한복을 직접 입어 보는 기회를 만들어 보고자 하는 것이 저의 바람입니다.”

외국의 박물관을 다니면서 한국관이 없는 것이 무척 안타까웠습니다. 있더라도 대부분 기증받은 물품이라 우리 집에 있는 것보다 못한 경우도 많아 늘 아쉬웠습니다.

어떻게 하면 우리 고급문화를 해외 박물관을 통해 알릴까 고민해 왔는데 이 편지를 받고 아는 분들에게 도움을 청했습니다. 우리 옷을 평생 연구해 온 교수님은 외국인들에게 자랑할 만한 좋은 한복을 주셨고, 장인이 만든 우리의 연, 놀이기구도 기증받아 정성껏 포장한 커다란 상자 다섯 개를 빠른우편으로 보냈습니다.

물품을 보내고도 걱정이 되었습니다. 한복 입는 법을 모르는 미국 아이들을 도와줄 사람이 있는지, 우리 민속놀이를 잘 할 수 있을지, 작품으로 만든 연을 훼손시키지나 않을지…. 하지만 무사히 행사를 마친 보스턴 어린이 박물관 직원으로부터 감사 메일을 받았습니다.

"2층 열린 공간에서 자원봉사자들과 우리 직원이 어린이들에게 한복을 입혀 주고 놀이를 가르쳐 주었습니다. 한복은 옷걸이에 걸어두고 아이들에게 맞는 것을 골라 입히고 옆에 있는 거울에 자기 모습을 볼 수 있게 하였습니다. 아이들은 다른 나라의 공주와 왕자가 된 것 같다고 했고, 어른들은 사진을 찍느라 바빴습니다. 아주 바쁠 때는 한복을 입혀 줄 자원봉사자의 손이 모자라 아이들이 줄을 서기도 했습니다.

어떤 아이들은 색이 다른 한복을 번갈아 입어 보기도 했습니다. 종이로 노리개를 만드는 작업도 진행했구요. 윷놀이는 미국의 'sorry'라는 게임과 비슷해서 관객들이 쉽게 배울 수 있었고, 윷을 공중에 던지는 것을 무척 즐거워했습니다.

팽이는 줄을 서서 기다릴 정도로 인기가 많았습니다. 한국 자원봉사자 중에 팽이를 아주 잘 돌리는 친구가 있어서 좋았습니다. 처음에는 잘 안 돌아가는 팽이를 쫓아다니느라 바빴지만 방법을 익힌 후에는 쉽게 했습니다.

제기차기는 'Hacky Sack'이라는 비슷한 놀이가 있어, 한국에도 이런 놀이가 있다는 것을 알려 주었습니다.

한국에 관심이 많아 일부러 찾아온 사람들도 있었습니다. 남편 직장 때문에 곧 한국에 갈 예정인 부부는 한 살짜리 딸에게 한복을 입혀 주고 한국을 조금이나마 알게 되어 기쁘다고 했습니다. 대부분의 관객들은 한국을 알지 못했고, 이번 기회에 한국이라는 나라와 그 전통을 처음으로 접하게 되었습니다."

편지와 함께 보내온 사진들을 보면서, 이번 설에 무엇을 하면 좋을까 생각해 봅니다.

고궁에 가서 널뛰기를 하고, 멍석 위에 윷을 던지고, 팽이치고, 연 날리면 어린 시절 기억 속의 사람들이 다시 곁으로 올까요?

까치~ 까치~ 설날은 어저께고요
우리 우리 설날은 오늘이래요
곱고 고운 댕기도 내가 드리고
새로 사온 신발도 내가 신어요

우리 언니 저고리 노랑저고리
우리 동생 저고리 색동저고리
아버지와 어머니 호사하시고
우리들의 절 받기 좋아 하세요~

아무것도 하지 않는 능력

아침에 일어나면 차 한 잔을 준비합니다. 컴컴한 베란다 너머의 바깥세상을 보며 천천히 아주 천천히 차를 마시며 어두움에서 밝음으로 가는 시간과 공간을 바라봅니다.

그동안은 아침에 눈 뜨면 침대에서 일어나기도 전에 하루의 계획을 세웁니다. 몇 시에 뭘 하고, 입을 옷과 구두를 정하고, 만날 사람과 나누어야 할 이야기 등…. 계획이 다 끝나면 후다닥 일어나 샤워하고 실행으로 들어갑니다. 하루 종일 정말 부지런히 일하면서 시간을 보내고, 저녁에도 혹시 오늘 빠진 일은 없는지 생각해 보았지요.

유학 시절에는 외국어에 익숙하지 않아 잠자리에 들면서 다음 날 일어날 상황을 순서대로 그려보며 프랑스어로 대화를 만들어 보곤 했습니다. 아침에 도서관에서 다비드와 마주치면 "봉쥬르! 사바?"라고 말하고 "어제 텔레비전을 보았는데, 무슨 프로그램에 나오는 내용이…" 하고 각본을 짜서 프랑스어로 말하다가 잠이 들었습니다.

하지만 이렇게 살던 나 자신을 완전히 바꾸려고 합니다. 새로운 삶을 준비하기 위해 약간의 휴가를 주기로 한 것이지요. '오늘 할 일을 내일로 미루지 말자'는 생각으로 살아오던 내가, '해야 할 일은 미룰 수 있는 데까지 미루자', '미룰 수 있는 데까지 미루다 안 해도 된다면 하지 말자'는 원칙으로 살고 있습니다.

외국어 학원에 등록하여 중국어를 시작했습니다. 왜 배우느냐, 중국 관련 사업을 할 거냐고 물어보면 '그냥'이라고 대답합니다. '그냥'이라는 대답만큼 성의 없는 말이 어디 있을까마는, 정말 그냥입니다. 꼭 여행을 가야겠다는 생각도, 더군다나 사업은 전혀 생각이 없습니다. 치매 예방용이라고나 할까요. 꿈을 갖고 열심히 하는 젊은 친구들을 바라보기만 해도 즐겁고 힘이 납니다. 그 친구들 공부하는 데 방해되지 않을까 걱정되어 열심히 준비해 갑니다.

해가 기울어 가면 아침과 마찬가지로 차 한 잔을 준비해 거실에서 밖을 내다보며 밝음에서 어두움으로 가는 시간을 즐깁니다. 아침과는 달리 음악을 꼭 듣습니다.

그렇지만 머리는 완전히 비워 둡니다. 매일매일 무엇인가를 채우려고 열심히 살았는데 이제는 비우는 연습을 시작한 것이지요. 아무것도 할 수 없는 능력이야말로 최고의 능력이라는 생각이 듭니다.

'왜 사는가?' 라는 대답을 찾을 수 없는 바보 같은 질문을 던져 보면서.

힘에 겹도록 부지런한 척 살았던 것은 좀 더 잘 살기 위함이었습니다. 그러나 정말 잘 산다는 것이 무엇일까요. 부자도 가난한 사람도 하루 세 끼 그냥 먹고 사는 것 아닌가요. 무엇을 먹는 것이 중요하지 않다는 생각이 듭니다.

고급 호텔이라는 곳에서 매일 최고급 음식을 먹으면 좋을까요. 한 번쯤 좋은 분위기에서 서비스를 받으며 먹는 것도 좋지만, 그렇게 먹었다고 하루에 한 끼만 먹고 살 수 있는 것도 아니지요.

가정의 화목을 중시하며 집안 가꾸기에 열중하고, 정시에 퇴근하여 가정에 충실하고 개인의 취미생활에 집중하는 사람을 '네스팅족' 이라고 합니다.

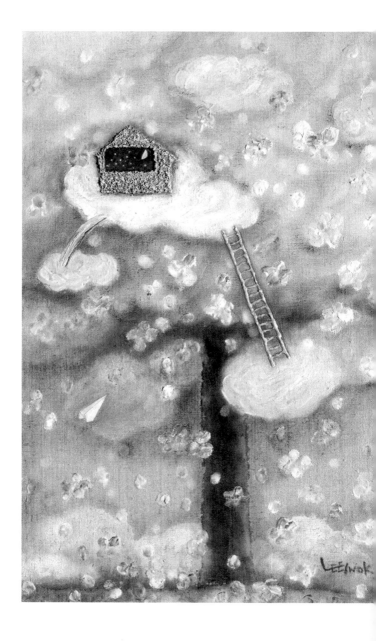

이곳은 나의 공간

안방에 둥근 상을 펼칩니다. 한옥집의 부엌과 방 사이의 조그만 문으로 어머니가 밥이며 반찬을 주시면 맏딸인 나는 그것을 상 위로 옮깁니다. 식사가 끝나면 빈 그릇들을 챙겨 내놓고 젖은 행주로 먼저 닦고 다시 마른 행주로 닦아 다리를 접어서 자개농과 벽 사이의 공간에 밀어넣습니다.

이 밥상이 잠시 후에는 공부하는 책상으로 변신합니다. 방바닥은 따뜻하지만 어깨가 시려 아랫목에 깔아 둔 이불을 살짝 어깨에 걸칩니다. 저려오는 다리를 이리저리 움직이다 보면 온기가 온몸으로 퍼져 나도 모르게 잠이 들어 버리고, 끝내지 못한 공부를 안타까워했습니다. 용케 잠들지 않은 날은 책과 공책을 챙기고, 다시 책상 다리를 접어 벽 옆에 세워 두곤 했지요.

그러던 어느 날 의자와 함께 책상이 생겼습니다. 다리가 들어가는 공간에 서랍이 하나, 그리고 한쪽으로 세 칸의 서랍이 있는 책상입니다. 안방과 건넌방 사이 마루에 책상을 두고 어른들에게, 또 놀러오는 이웃분들에게 공부하는 것을 자랑하느라 책상 앞에 앉곤 했습니다.

책상 위 이층짜리 책꽂이 위칸은 내 것, 아래칸은 여동생의 것입니다. 서랍도 둘이 사이좋게 나눴지만 자물쇠가 하나밖에 없어 무슨 보물인 양 일기장을 넣고 열쇠로 잠갔지요. 열쇠 달린 서랍을 사용할 수 있는 건 언니로서의 특권입니다.

동생이랑 서로 책상을 쓰기 위해 시간을 나누어야 했습니다. 남동생은 어릴 적부터 자기 방이 있었지만, 여동생과 나는 대학생이 되어서야 비로소 각자 방을 갖게 되었습니다.

개인생활이 보장되지 않던 한옥에서 아파트로 이사를 했습니다. 문을 잠그고 들어가면 아무도 방해할 수 없게 된 날, 자신만의 공간이 생긴 그날 우리는 각자 방문에 이름표를 달았습니다.

결혼과 함께 내 방, 내 책상이 사라졌습니다. 더군다나 시댁에서 같이 살았으니 나의 공간과 나의 시간은 엄두도 낼 수 없었습니다. 그 다음은 남편, 아이 둘, 모두 네 식구가 좁은 집에 옹기종기 모여 사는 유학생활이 이어졌습니다. 펼쳤다 접었다 하는 한국식 밥상은 아니었지만 식탁이 나와 아이들의 책상이었지요.

아이들이 각자 자기 길을 찾아 떠나 버린 요즘에도 나는 글을 쓰고 싶을 때면 노트북을 끌어안고 거실에 있는 식탁으로 갑니다. 밥 먹을 때는 다시 책과 노트북을 치웁니다.

결혼 32년 만에 나만의 공간이 생겼습니다. 아파트에서 가장 작은 창고 용도의 방입니다. 다른 말로 거창하게 하면 드레스룸이고 서재입니다. 한쪽 벽면은 책장으로 채우고, 다른 한 벽면은 장롱이 없는 까닭에 붙박이 옷걸이를 만들고 옷을 쉽게 꺼낼 수 있게 했습니다. 작은 방에 폼나게 책상을 들여놓을 수 없어서 폭이 좁은 테이블 두 개를 나란히 벽 쪽으로 붙였습니다. 글 쓰는 일에 집중하다 보면 등 뒤에 있는 너저분한 옷가지들의 존재는 잊어버리지요.

요즘은 노트북에 글을 쓰지만, 그래도 연필로 쓰는 손맛 또한 매력적입니다. 공책을 몇 개 만들어 일기장, 생각이 떠오르면 적어 두는 메모장, 책을 읽다가 기록해 두고 싶으면 따로 정리하는 공책을 책상 위에 펼쳐 놓으니 금방 부자가 된 듯합니다.

이제 나의 인생을 살고 싶네요. 철없이 부모님 밑에서 자란 세월, 철이 든 줄 알고 결혼하여 아이들 키우며 바쁘게 살아온 30여 년, 지금부터는 크게 힘들 것도 없고 그냥 편안하게 30여 년을 살고 싶습니다.

나만의 사색의 공간에 나의 이름을 걸어 두고 마음껏 생각하면서 많은 것을 만들어 내고 싶습니다.

코스모스 레스토랑

눈도 제대로 뜨지 못한 아가는 엄마 젖에 코를 파묻고 쌕쌕 숨을 몰아쉬며 힘껏 젖을 빱니다. 살기 위해서지요. 이 세상에 나와 처음 하는 생명의 몸짓 그것입니다.

찬바람 부는 저녁, 밥상에 같이 앉지 못한 아버지의 진지는 아랫목에서 이불을 덮고 있었지요. 우리 삼남매는 방 안에서 술래잡기하느라 뛰어다녔고, 할머니와 어머니의 목소리는 점점 커져 갔습니다. 갓 지어 김이 모락모락 나는 밥, 미역국, 김치만 있으면 진수성찬이고, 계란 프라이를 올려 참기름과 간장에 비비고, 살짝 구운 맨 김이 있다면 더욱 좋고요. 보글보글 끓는 된장, 시원한 오이냉국, 된장 푹 찍은 풋고추, 생각만 해도 행복해집니다.

밥상을 차린다는 건 즐거운 일입니다. 시장 봐서 다듬고, 씻고, 지지고 볶아, 맛보고… 밥상으로 옮겨서 마주 보며 먹습니다. 밥을 먹는다는 건 함께 사랑을 나누고 같이 기쁨을 누리는 일입니다.

아침 먹고 나면 점심 준비를, 또 돌아서면 저녁 준비, 거기에 쌓이는 설거지까지 가끔 귀찮을 때도 있지만 그때 그 밥상에 둘러앉았던 사람들이 그리워집니다.

밥상을 통해 세상을 바라보고 밥을 먹는 사람들을 통해 삶을 이야기합니다. 솜사탕으로 얼굴을 거의 다 가린 채 아련한 눈빛으로 말랑한 푸딩 위에 불안하게 앉아 있는 꼬마 소년, 넓은 운동장을 무언가를 열심히 먹으며 뛰어다니는 축구 선수들과 역시 무언가를 열심히 먹으며 응원하는 관중들. 한참 그림을 들여다보고 있노라면 작가의 말이 들리는 듯싶습니다.

사는 게 무엇일까요. 세상만사 복잡하고 분주하게 돌아가는 삶 속에서 밥상 앞에 옹기종기 둘러앉은 우리는 사람 사는 정을 느끼며 인생을 되돌아봅니다.

이런저런 인연으로 얽힌 사람들과 밥상을 사이에 두고 정을 나누는 사이 우리네 인생도 밥에 쌓인 정만큼 그렇게 깊어가는 것이 아닐까요.

안과 밖

검정은 색이 아닙니다. 하양도 색이 아닙니다.
하지만 마른 상태에서 십여 차례 덧칠을 하여
검정이 빛을 반사하고,
하양이 빛을 흡수하도록 하면
검정과 하양은 색이 됩니다.
캔버스 위에 순수한 원색의 무수한 점을 찍으며
평면에 깊이를 부여합니다.
메탈 느낌의 커다란 바탕 위에
검정색 격자의 픽셀을 만듭니다.
정사각형에 가까운 수많은 픽셀 위에 점을 찍습니다.
하나의 점은 단지 하나의 점이 아니고
점 위에 또 점이 있는 것입니다.
내부가 외부가 되고 외부가 또다시 내부가 됩니다.

하나의 점은 구심력으로 수축의 힘을 갖습니다.

네모의 틀 속에 구심력 있는 점들이

연속적으로 반복되면서 면으로 확장됩니다.

가로와 세로로 줄줄이 늘어선 똑같지 않은 터치와

터치 사이에서 우리는 깊이를 다시 읽어 냅니다.

면으로 확장된 점들은 테두리를 둔 직사각의 화폭 안에서

또다시 수축되고 화폭의 테두리를 이루는 은빛 바탕은

하얀 벽면 공간과 경계를 만듭니다.

퍼짐과 모임을 거듭하며

주위와의 끊임없는 순환과 반복은 공간과 소통합니다.

빛은 공간 밖의 공간을 암시하면서

무한한 소통의 가능성을 보여 줍니다.

사물의 드러나는 현상을 즐기도록 하는 열린 작품.

꿈 찾는 나비

그림에서 음악이 들립니다.
하나의 즐거움이 화폭에서 튀쳐나오고
행복의 노래가 가슴을 뛰게 합니다.
인생의 긴 여정 동안의 숱한 사연 담긴
진정한 교향악을 봅니다.

인간이 만들어 낸 물감이 지닌
물질적인 것을 털어 버리고,
순수한 정신의 세계까지 끌어올린 순수 그 자체
분홍, 빨강, 파랑, 노랑 등의 색들은
서로 손을 잡고 춤을 추며
그림 속에서 이야기를 만들어 냅니다.
그 이야기를 듣고 있노라면
우리는 요정 나라의 주인공이 됩니다.

어린 시절 작은 세상에서
한 마리 나비가 되는 경험을 합니다.
현실을 믿고 싶지 않아 꿈을 꾸고 있다고 생각한 것이지요.
어린 나비 한 마리는 지구의 반대편에서 혼자 날아다니다가
지금은 우리의 곁에 앉아서
환상적인 분홍, 파랑, 노랑, 초록, 보라를 선물합니다.

여러 가지 감정을 갖고 있는 색.
그 색을 통해 사랑을 표현할 수 있음이
얼마나 감사한 일인지요.
레드, 그린, 옐로우, 핑크, 블루, 그레이…
색은 인생의 소품이 아니라 당당한 요소입니다.
외롭게 혼자 날아다니며 꿈을 찾던 추억도,
꿈이 현실이 되어 가는 벅찬 감동도 엿볼 수 있습니다.

살면서 언어로 표현할 수 없는 많은 것들을
가슴속에 안고 있습니다.
그 어느 것으로도 나타내지 못하던 우리 마음을
색채로 풀어 낸 마음속의 무지개를 그립니다.

간절함 · 셋

소중한 흔적

세상에서 가장 위대한 예술작품은
우리 삶 자체입니다.
소소한 일상 속에서 건져올린 이미지들은
우리 삶의 소중한 흔적으로 남습니다.
평범한 가로수 사이로 빛이 만들어 낸 풍경들을 통해
존재의 허구성에 대해 이야기하며,
밥 먹는 행위를 통해
삶과 죽음, 희망과 절망을 이야기하기도 하고,
강렬한 색채를 통해
우주의 생성과 소멸의 질서를 풀어놓기도 합니다.
소중한 흔적 간직하며
또 새로운 흔적을 만들어 갑니다.

명품 세상

어쩌다 '가짜 명품'이라는 것이 보도되어 국어사전을 찾아보았더니, 명품의 정의는 '뛰어나거나 이름난 물건, 또는 그런 작품'이라 합니다. 뛰어나다는 것은 디자인이나 품질면에서 다른 것들과 차별돼 평범하지 않아야 할 것이고, 이름이 나려면 많은 사람들에게 알려져 있어야 할 것입니다.

이런 조건을 만족시키자면 어떤 식이든 알려지는 시간이 필요할 테니 어느 정도의 세월은 있어야 하겠지요. 구두, 시계, 핸드백, 옷뿐만 아니라 예술작품 중에서도 창의성이 있고 영구적 가치를 지닌 작품을 '명품, 명작, 걸작'이라 부릅니다. 요즘은 먹는 것에도 '명품'이라는 단어를 붙이는 걸 보면 이 단어의 선호도를 알 수 있습니다.

사전적 정의 말고 좀 더 현실적으로 보면, 명품은 비싼 것이라는 등식이 성립됩니다. 그래야 '10만 원대 시계가 수천만 원짜리 명품으로 둔갑'했다고 할 수 있을 테니까요. 또한 명품이란 물건이나 작품 그 자체보다는 상표 이미지

혹은 작가 이름에 가치를 부여한 것이 아닌가 싶습니다.

　기계로 찍어 낸 똑같은 상품은 모두 같은 가치를 지닐지 모르지만, 예술작품은 이름, 즉 상표만 믿을 수는 없지요. 어떤 특정 작가가 만들어 내는 모든 작품이 걸작은 아니기에 작품 가격을 크기 중심으로 정하기보다 작품의 완성도를 보고 결정해야 합니다.

　명품을 소유하고 싶어 하는 것은 우선 자기 자신의 만족을 위한 것이고, 그 다음은 그것을 갖고 싶어 하는 주변 사람들에게 보이고 싶어서입니다. 가짜 유명 물건이나 모작을 갖기 위해 애쓸 것이 아니라 자기 자신을 명품으로 만들기 위해 노력하는 것이 어떨까요.

　'짝퉁, 가짜 명품, 명품 사기'라는 단어를 더 이상 듣지 않기를 바라면서 떠올리는 두 가지.

　부자 이야기를 다룬 영화 '리치 리치'에서 주인공들이 아끼는 커다란 금고에는 그들의 소중한 추억이 담긴 물건이 가득 차 있습니다. 그리고 생텍쥐페리의 「어린 왕자」 마지막 부분에 사막에서 길 잃은 조종사가 잠든 어린 왕자를 안고 걸으며 '내가 지금 보는 것은 껍질에 불과하다. 정말 중요한 것은 눈에 보이지 않는다'라고 마음속으로 말하는 부분이 새삼 가슴에 크게 와 닿습니다.

짝퉁을 즐기다

명품을 갖고 싶은 욕망은 누구에게나 있나 봅니다. 잊을 만 하면 되살아나는 짝퉁 보도를 보면서 씁쓰레한 미소를 짓게 됩니다.

얼마 전 영국 '빅토리아 앤 앨버트 박물관'에서 가짜 미술품을 모아 '경찰청의 위작·모방품 수사'라는 전시회가 열렸습니다. 가짜 조각과 그림 100여 점이 진품이라면 약 75억 원에 이른다고 합니다.

루브르, 에르미타쥬, 메트로폴리탄 박물관에서 만나는 작품들이 진품이 아니라면 비행기를 타고 경비를 들여가며 보러 갈 필요가 있을까 하는 생각이 듭니다.

최근에 메트로폴리탄 미술관장이자 전문미술감정가였던 토머스 호빙이 자신의 경험을 730여 페이지에 담은 「짝퉁 미술사」라는 책을 읽었습니다. 고대 페니키아인들의 테라코타에서 그리스 로마시대의 대리석 조각상, 중세의 성유물, 르네상스 대가들의 드로잉과 근대 인상파 회화에 이르기까지 미술의 역사는 곧 미술품 위조의 역사였다는 것이며, 위작품이 누구에 의해 어떻게 만들어지고, 어떤 경로를 통해 유통되어 세계 유명한 미술관에 진열되어 있는지 소개되어 있었습니다.

저자는 "미술품 위조는 인류의 역사만큼이나 오래되었으며, 인류가 지속되는 한 앞으로도 계속될 것이다. 미술의 세계에서는 일주일이 멀다하고 아주 놀라운 위작을 발견했다거나 누군가가 사기를 당해 위조품을 샀다는 소식이 들려온다"라고 하면서 위작이 성행하는 이유 중 하나는 "일확천금을 꿈꾸는 시대 풍조와 노골적인 영리주의" 때문이라고 했습니다.

신성로마제국의 샤를마뉴 대제는 콘스탄티누스의 로마를 복제한 것으로 유명한데, 이 시대의 재미있는 위조 이야기가 있습니다. 황제의 딸과 밀회를 즐기던 궁정공방 감독인 아인하르트는 몇 시간 후 눈이 내려 공주가 흔적을 남기지 않고 숙소로 돌아갈 수 없게 되자 발자국을 위조했습니다. 공주를 안고서 눈길을 거꾸로 걸어 숙소까지 데려다 주고 다시 그 발자국을 조심스레 되짚으며 자기 방으로 돌아왔다고 합니다.

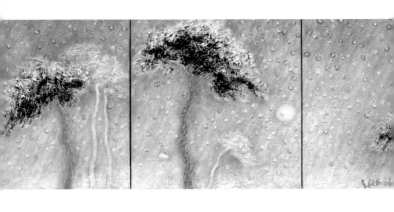

지중해에 비교적 늦게 등장한 도시 베니스는 가짜 과거를 만들어 냈습니다. 산마르코 성당은 9세기에 지어지기 시작했지만, 4세기나 5세기에 지어진 건물처럼 보이기 위해 화가, 모자이크 제작가, 조각가들을 고용해 5세기의 '창세기' 삽화를 모사했습니다.

가장 많이 위조된 화가는 코로일 것입니다. 그는 2천여 점의 작품을 그렸는데 미국의 컬렉터가 7,800점을 갖고 있다고 합니다.

넘쳐나는 위조품은 대부분 돈 많고 미술에 대한 전문지식이 없는 재벌 기업가나 미디어계 거물의 손에 넘어가곤 하는데 허스트, 크라이슬러, 모건이 대표적입니다. 모건은 위작을 사는 것뿐만 아니라 거래상을 시켜 위작을 제작하도록 한 것으로 추측됩니다.

전문가는 다음과 같이 충고합니다.

"미술작품을 구매하고자 하는 분들에게 제가 드릴 수 있는 말은 충동적으로 행동하지 말라는 것입니다. 상당한 시간을 들여 작품에 대해 연구하고, 눈을 훈련시키고, 보고 또 보고를 반복하세요. 그리고 아마도 직접 위작을 사본 경험이 가장 좋은 교훈으로 남을 수도 있습니다."

"우리에게 유일한 위안은 살아가면서 배우는 것 그리고 욕구와 긴박함과 탐욕에 흔들리지 않는 것입니다. 무엇보다도 작품에 대한 순수한 사랑만이 미술품을 수집하는 정당한 동기로 작용해야 할 것입니다."

학술서적이 아님에도 모처럼 밑줄을 쳐가며 읽었습니다. 마지막 페이지를 덮을 때 미술품의 복원과 베끼기, 사기 등을 버무린 '인사동 스캔들'이라는 영화가 머리를 스쳐 지나갔습니다.

인간의 허영 때문에 미술시장에서 위작은 영원히 사라지지 않을 것이지만, 죽어 있는 모조품에 값을 치르지 않고 작가의 영혼이 담긴 살아 있는 예술품을 꿰뚫어 보는 눈을 키우는 노력은 각자의 몫입니다.

투자가치 있나요?

사람들이 좋은 작품을 추천해 달라고 하면 나는 어디서부터 시작해야 할지 몰라 순간 머릿속이 복잡해집니다. 고민해서 작품 하나를 추천했는데 "투자가치가 있나요?"라는 말을 할 때는 정말 뭐라고 대답해야 할지 난감합니다.

언젠가 외국인과 결혼하여 외국에서 살고 있는 여자분이 와서 다섯 살, 세 살짜리 딸 방에 걸어 둘 그림을 구한다고 하여, 나는 어떤 아이로 자라게 하고 싶으냐고 물었습니다. 마음이 따뜻하고 창의력이 있으면 좋겠다고 하더군요.

그래서 그 분의 '외국'이라는 특수 상황에 맞을 것 같은 작가의 도록을 보여 주었더니 무척 좋아해, 내가 직접 작가 아틀리에에 가서 몇 작품 골라왔습니다.

며칠 후 그 분과 나는 작품을 보며 아이에게 이 그림을 보고 이야기를 쓰도록 하자는 둥 아이의 커가는 모습을 상상하며 한참 신이 났었습니다. 그 분은 아이의 풍요로운 삶을 준비해 주고 싶어 그림을 선택한 것입니다.

그림은 눈으로 보고 마음으로 느끼는 것입니다. 그런데 귀로 듣고 입으로 그림을 사는 사람들이 있습니다. 주변에서 좋은 그림이라고, 비싼 거라고, 유명한 누구의 것이라고 하면 바로 "이 그림 주세요"라고 합니다.

그림을 사고판다는 것은 단순히 물건을 돈과 교환하는 것과는 다릅니다. 거래 대상이 작가의 영혼입니다. 예술품의 가치에 대한 안목도 구매 결정의 중요한 요소입니다.

신문에서 비무장지대의 땅이 거래되고 있다는 기사를 읽었습니다. 우리가 가서 볼 수 없는 곳인데도 지적도 하나만 들여다보고 투자가치를 판단할 수 있는 능력 있는 사람도 있나 봅니다.

삶에 있어서 정신의 땅이 넓어질 때 마음의 땅도 여유를 갖게 됩니다. 정신의 토포스를 넓히기 위해 이제는 예술과 친해지는 데 시간을 써야 하지 않을까요. 미술관이나 작은 화랑 등 조금만 부지런해지면 예술품을 볼 수 있는 곳은 얼마든지 있습니다. 작품을 보다가 작가의 맑은 영혼이 보이기 시작한다면, 그때 스스로 아니면 전문가의 도움을 받아 행복지수도 올릴 수 있고 투자가치도 있는 예술품을 자신의 소유로 만들 수 있습니다.

메이드 인 차이나

장예모 감독이 만든 공연을 보기 위해 몇 시간 동안 비행기와 버스를 타고 계림에 다녀왔습니다. 시인이 아니어도 시인이 되는 그곳에는 관광버스가 줄을 지어 몰려오고, 어마어마한 크기의 식당에도 관광객들이 넘쳐났습니다.

거대한 자연을 배경으로 유씨네 셋째 딸을 주제로 지역 주민과 극단원들이 함께 만들어 낸 '인상유삼저印像劉三姐'는 한 번은 꼭 보아야 할 공연입니다.

몽글몽글한 산봉우리에 구름이 드리운 듯, 어슴푸레한 달밤인 듯 자연과 조명이 어우러지고, 빨래터에서의 방망이 소리, 소 울음소리 들리는 농촌 풍경, 대나무로 만든 배를 슥슥 밀고 다니고, 붉은색 천으로 뒤덮인 강물에 손을 담그면서 맡은 역에 충실한 출연자들, 앳된 소녀들의 낭랑한 노랫소리, 무대에서 눈을 뗄 수가 없었습니다. 물, 빛, 소리의 완벽한 조화는 한 시간 내내 사진 한 장 찍을 수 없도록 몰입하게 했습니다.

다음 날은 항저우에 가서 '송성천고정宋成千古精'이란 공연을 보았습니다. 객석이 움직이고, 무대 위에서 말이 달리고, 화약이 터지고, 배경 영상과 똑같은 출연자들의 동작, 환상적인 조명, 화려한 춤, 입체적인 음악, 무대장치, 눈부신 장식과 의상 등 한순간도 긴장을 늦출 수가 없었습니다. 서호의 전설과 역사, 특산품인 용정차를 주제로 다루었고, 관객에 대한 배려로 '아리랑'에 맞춘 춤도 보여 주었습니다.

7년 전 이 공연을 보았을 때는 일본 음악과 춤 일색이었는데, 이제는 관광객이 한국인으로 바뀌었다는 것을 알 수

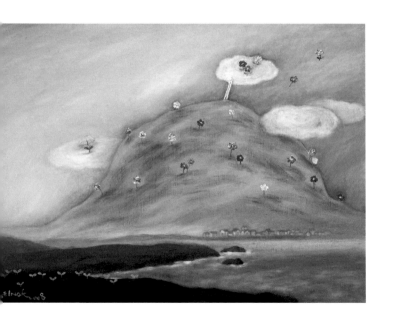

있습니다.

세계 각국에서 매일 수많은 관객들을 끌어들이는 것은 감독의 뛰어난 상상력과 창의력, 출연자들의 간절함, 예술과 상업의 완벽한 조화라는 생각이 들었습니다.

몇 년 전 파리에서 해마다 열리는 국제아트페어에 스위스의 한 화랑이 중국 작가 작품을 기획한 적이 있습니다.

가로, 세로 80cm짜리 빨간색 단색회화 1,000여 점이 15만 원씩 순식간에 팔렸습니다. 작품 뒷면에는 '메이드 인 차이나Made in China'와 작가 이름이 한자로 적혀 있었지요. 예술성이나 작가정신은 문제가 되지 않았습니다. 거대한 중국이라는 공장에서 찍어 온 예술생산품을 유럽인들이 즐기는 것입니다.

중국 제품이 없다면 우리가 살 수 있는지 조사한 적이 있습니다. 결론은 '힘들다'였습니다. 아이들의 장난감, 우리가 입는 옷, 먹는 것, 매일 쓰는 전자기기, 어느 하나도 중국 제품 아닌 것이 없습니다. 이번 여행에서 돌아오며 공연 분야도 이미 '메이드 인 차이나'가 지배하는 세상이라는 것을 실감했습니다.

창의력과 상상력이 돈이 되는 세상, 문화가 자산인 세상을 어떻게 만들어 가야 할지, 큰 숙제라는 생각이 듭니다.

기업과 예술

우리 모두 생김새가 다르듯 각자의 재능 또한 다르다는 걸 절감합니다. 몹시 우울할 때 마음을 달래주는 음악이나 바쁜 일상 가운데서 마음의 평화를 주는 그림 한 점은 세상 그 무엇보다 소중합니다.

재주라고는 아무것도 없는 나는 오선지 위에 한정된 음표들을 조합해 갖가지 장르의 음악을 만들어 내는 사람들과 똑같은 물감을 이리저리 섞어 깊은 바다의 블루, 가슴 뛰게 하는 핑크 등을 만들고 그림 속에서 음악을 듣고 시를 읽을 수 있게 만드는 사람들을 정말 존경합니다.

헉슬리의 소설 「멋진 신세계」에서는 부화된 인간 중에 일만 하도록 정해진 계급에는 아예 처음부터 아름다움에 대해 혐오감을 갖도록 좋은 음악을 듣거나 장미를 만지려 할 때 심한 충격을 주어 예술은 일부 계층만이 누릴 수 있도록 합니다. 하지만 우리는 예술을 즐길 권리가 있습니다.

미술 애호가인 내가 갤러리를 운영하면서 변한 것은 어느 장소에 가든 작품이 있는지, 있다면 그 작품을 통해 그곳 주인의 예술에 대한 안목을 가늠해 보는 것입니다. 예술을 통해 기업주와 교감을 나눌 수 있기에 좋은 작품이 있는 장소는 다시 가고 싶어집니다. 이번 여름에 들렀던 호텔도 예술품 감상까지 덤으로 선물을 받아 무척 즐거웠습니다. 아마 내년에도 그 작품들이 다시 나를 부를 것 같습니다.

로마 시대 대신의 이름에서 유래한 프랑스어 '메세나'는 예술, 문화, 과학에 대한 보호와 지원을 뜻하는 단어입니다. 유럽에서 종교가 지배하던 중세가 끝나고 인문과학과 예술이 다시 태어난 르네상스 시대에 이탈리아의 메디치 가문이 없었다면 우리가 지금 레오나르도 다빈치 작품을 볼 수 있을까요.

메세나는 어려운 것이 아닙니다. 개인이나 기업 누구든지 할 수 있고 방법도 다양합니다. 가장 쉬운 일은 작가의 작품을 보아 주는 겁니다. 누군가가 지켜보고 있다는 사실이 창작 의욕을 높이며, 미술 재료를 지원하거나 상품에 작가의 그림을 사용하고, 기업의 이름을 걸고 콩쿠르를 여는 등 크고 작은 일들이 많습니다.

세상을 아름답게 만들고 우리 삶에 활력을 주는 작가들을 응원하는 기업이 많아지길 기대합니다.

꿈 꿀 권리

컴퓨터 화면에 여자 한 명이 있습니다. 우선 얼굴을 갸름하게 만듭니다. 리본 달린 머리띠를 씌워 보고 선글라스도 끼워 줍니다. 나풀나풀 레이스 달린 치마도 입혀 보고 보석 박힌 샌들도 신겨 봅니다. 지상에 내려온 신의 화신인 아바타가 이제는 각자의 분신이 되어 가상세계에서 온갖 변신을 합니다.

'터미네이터', '에이리언', '타이타닉'으로 우리에게 익숙한 제임스 카메론 감독이 우리를 한 번도 가 보지 못한 새로운 세계, 판도라라는 행성으로 데려다 줍니다.

강인한 정신을 가진 제이크는 현실 세계에서는 휠체어를 타고 다녀야 하지만, 캡슐 속에 들어가 누우면 아바타로 다시 태어나 자유롭게 달릴 수 있습니다. 그는 강하고 순수한 영혼을 가졌기에 불빛 쏟아지는 환상의 세계에서 네이티리와 운명적인 사랑을 나누고, 힘의 상징인 비행 물체 토루크 막토를 타고 날아다닐 수 있습니다.

나비족은 땅, 숲, 나무, 말, 비행수단인 이크란, 공중에 떠다니는 작은 물체와도 교감을 합니다. 가장 기억에 남는 대사는 "나는 당신을 봅니다I See You"입니다. 생김새도 생각도 다르지만 어쨌든 보게 됨으로써 우리는 상대방의 존재를 확인합니다. 있음 그 자체를 받아들임으로써 보는 것만으로도 기쁘고, 즐겁고, 사랑할 수 있고, 벅찬 감동으로 다가온다는 표현으로 받아들였습니다.

매일매일 많은 사람을 만납니다. 한 번 스쳐 지나가는 경우도 있지만, 만난 횟수나 기간에 상관없이 오래전부터 아는 사이처럼 편안해지고 서로 의지하는 경우도 있습니다. 우리 각자는 아마 눈에 보이지 않는 요술지팡이를 갖고 있나 봅니다. 어떤 상대를 만났을 때 서로 맞추어 보고, 잘 맞으면 마음이 움직여 친구가 되고, 그렇지 않으면 많은 사람 중의 한 명이 됩니다.

영화 '아바타'의 배경이 된 행성 이름은 판도라. 제우스는 불을 훔쳐 인간에게 선물한 프로메테우스를 바위에 묶고 독수리에게 간을 쪼아 먹히게 합니다. 그래도 화가 안 풀린 제우스는 흙으로 여자를 만들게 하고, 여러 신들에게 자신의 가장 고귀한 것을 선물하게 합니다. 아름다움, 솜씨, 재치, 상대방을 설득하는 능력 등 모든 선물을 받은 여인의 이름이 판도라입니다.

제우스는 그녀에게 상자를 하나 주면서 절대로 열어 보지 말라고 경고한 후 프로메테우스의 동생 에피메테우스에게 보냅니다.

어느 날 제우스가 준 상자가 생각난 판도라는 호기심을 억제할 수 없어 경고를 무시하고 뚜껑을 열었습니다. 순간 슬픔, 질병, 가난, 전쟁, 증오, 시기 등 온갖 악이 쏟아져 나오지요. 놀라서 급히 뚜껑을 닫았을 때는 희망만이 상자 속에 남아 있었다고 합니다.

어려운 일을 해결해야 할 때, 하기 싫은 일을 해야 할 때, 어디론가 도망가고 싶을 때 나를 대체할 수 있는 아바타에게 모든 걸 맡길 수 있다면 얼마나 좋을까요. 하지만 어림없는 얘기지요. 현실을 떠날 수 없다면 차라리 현실을 아름다운 꿈의 세상으로 바꾸는 것이 낫지 않을까요.

지금 내가 살고 있는 세상이 희망만 남아 있는 판도라의 상자 속이라고 생각한다면 나의 아바타는 필요하지 않을 거예요. 누구에게나 꿈을 꿀 수 있는 권리는 있으니까요.

아름다운 사람들

'갤러리'는 기다란 복도를 말합니다. 유럽 저택의 긴 복도에는 화가에게 부탁하여 그린 성주들의 초상화가 걸려 있습니다. 그림을 걸어 두던 복도는 예술품을 사고파는 요즘의 화랑이 되었지요.

화가들은 사실적인 초상화와 풍경화도 그리지만 주로 자신의 느낌을 화폭에 담습니다.

얼마 전 내가 운영하는 갤러리 전시장이 사람들의 사진으로 꽉 찼습니다.

"미얀마 의료봉사 가서 찍은 사진들이에요."

"네, 저희 웹하드에 자료 좀 올려 주세요."

일상적인 전시 준비 과정인데 올라온 사진 한 장을 클릭하는 순간 소스라치게 놀라고 말았습니다. 한쪽 눈에 고름이 흘러내린 소년이 나를 바라보고 있었습니다. 갤러리를 오픈하면서 김중만 사진작가가 찍은 티파나라는, 에이즈에 걸린 다섯 살짜리 소녀의 눈망울이 가슴을 울려 크게 전시를 한 적이 있습니다.

이번에는 의사 부모님과 함께 의료봉사 가서 마음을 같이 나누고 온 고등학교 3학년 학생의 작품이 정신을 번쩍 들게 했습니다.

줄을 서서 안타깝게 순서를 기다리는 환자들, 세상을 환하게 보고 싶어 하는 저시력의 아이들, 눈 수술을 받는 아기, 피부가 쭈글쭈글한 아기뿐만 아니라 수술을 하는 의사 선생님에 이르기까지, 사진 속 인물들 모두 아름다운 사람들입니다. 또한 이 전시를 보고 저시력 보조기구 구입을 위하여 정성을 보태 주신 분들도 아름다운 사람들입니다.

특히 안과 진료가 많았다는 이야기를 듣는 순간 수년 전 돌아가신 아버지가 생각났습니다. 떠나시면서 안구를 기증하신 아버지는 한 쪽씩 두 사람에게 나누어 줘 세상을 보게 하셨습니다. 세월이 흘러도 아버지가 두 사람을 통하여 세상 어디선가 항상 나를 지켜보고 계심을 느낍니다.

묵직한 전문가용 카메라, 날씬하고 세련된 디지털 방식 카메라, 휴대전화용 카메라에 이르기까지 우리는 다양한 이미지 기록용 도구를 들고 다니며 일상과 주변을 기록합니다. 한 장의 사진이 좋은 기록이 되면 좋고, 그것이 예술 작품이 되면 더욱 좋고, 다른 사람들에게 감동을 줄 수 있다면 더더욱 좋겠지요.

머릿속 공간 기억

보고 싶던 여고 동창생이 서울에 산다는 소식을 들었습니다. 우선 전화로 수다를 떨고 만날 장소를 정하는데 쉽지 않았습니다. 각자 머릿속에 기억하고 있는 서울 거리가 달랐기 때문입니다.

은행에서 일하는 그 친구는 모든 거리를 무슨 은행 어디 지점으로 기억하고 있지만, 나는 무심코 지나가 버렸으니 은행 위치는 전혀 알 수가 없었습니다.

공간 인식에 대한 또 한 가지 에피소드.

귀국한 지 얼마 되지 않아 전철을 타고 약속 장소로 가면서 목적지를 확인하려 전동차 안에 붙어 있는 노선도를 보았습니다. 노선별로 초록색, 빨강색, 주황색 등 색깔로 표시되어 있고 정류장 이름이 적혀 있는데 내가 타고 있는 노선의 일부는 빨강색이고 일부는 회색이었습니다.

갑자기 아득해졌습니다. 예전에는 같은 노선이었는데 색깔이 바뀌는 정류장에 내려서 갈아타야 하는지 옆사람에게 물어보기가 미안해서 눈치만 보고 있었더니 전동차는 그대로 가는 것이었습니다.

그 후 지하철을 탈 때마다 유심히 노선표를 보았습니다. 어떤 노선표는 강남역이 아래쪽에, 인천역은 왼쪽에 있고, 또 다른 노선표는 완전히 반대로 표시되어 있습니다. 머릿속에서 공간을 지각하고 지도를 그리기는 거의 불가능한 곳이 서울입니다.

유럽의 도시들은 길 이름이 있고 한쪽은 짝수 번지, 한쪽은 홀수 번지로 되어 있으니, 어느 곳이든 주소만 들고 찾아갈 수 있습니다. 서울도 이런 주소 제도를 도입하고 있지만 아직 일반인에게 익숙하지 않습니다. 서울은 금방 길이 생기고 새 건물이 세워지니 늘 다니던 동네가 아니면 보물찾기 하듯 원하는 곳을 찾아야 합니다.

그러다보니 사람의 눈길을 끌기 위해 간판들이 점점 커지고 자극적인 색채를 쓰는 게 아닐까요. 외국에서 온 친구가 건물이 온통 간판으로 둘러싸여 형태를 알아볼 수 없어 재미있다며 사진을 마구 찍어댑니다.

길을 안내해 주는 내비게이션과 휴대전화 보급률이 다른 나라에 비해 꽤 높은 건 머릿속에서 깔끔하게 공간을 지각할 수 없는 도시에서 살아가기 위한 여러 현상 중의 하나는 아닐는지요.

예술과 삶의 여유

10년 간 예술의 도시 파리에서 살았습니다. 어린 딸과 함께 세 식구가 유학을 떠나 네 식구가 되어 귀국하기까지 우리는 공부뿐만 아니라 예술에 흠뻑 젖어 있었습니다.

아이들 머릿속에 공부만 하고 놀아 주지 않은 엄마로 기억될까 봐 주말이면 아이들과 놀 수 있는 곳을 찾아다녔습니다. 그곳이 바로 미술관이었죠. 환경도 쾌적하고 교양도 쌓을 수 있으니 더욱 좋았습니다.

건축학도인 남편은 대부분의 미술관이 무료였고, 아이들도 물론 무료였습니다. 나만 입장료를 내야 했지만 일요일은 무료 혹은 반액이어서 적은 돈으로 우아하게 하루를 보낼 수 있었습니다. 커피 한 잔 사 마실 여유도 없어 배낭에 샌드위치, 사과, 물을 준비해 다녔지요.

헤아릴 수 없을 정도로 많이 본 전시 가운데서 가장 감명받은 것은 미술시간에 '점묘파 화가 조르쥬 쇠라'라고 외우던 그의 전시입니다.

그는 작품을 몇 개밖에 남기지 않았습니다. 일찍 세상을 떠난 탓도 있지만 '그랑쟈트섬의 오후' 라는 대작 하나를 완성하기 위해 전체 그림의 밑그림을 그리고, 그 부분 부분을 다른 캔버스에 일일이 점을 찍어 완성하고 또다시 원래의 큰 그림에 그대로 점을 찍어 완성했으니, 한 작품을 위해서 많은 세월을 보낸 것이지요.

한순간 선을 쭉 그어 그려내는 천재의 그림도 좋지만 부분 부분을 충실히 연습하고 우직하게 그것을 한 화폭에 옮겨 담은 쇠라에게 완전히 빠지고 말았습니다.

'가난한' 이라는 수식어가 항상 앞에 붙어 있는 유학생활을 하면서 우리는 생활비를 아껴 포스터를 한 장 사고, 가장 싼 액자에 끼워 걸어 두고 행복해 했습니다.

비싼 원화가 아니라도 좋습니다. 예술품은 돈 있는 자만의 것이 아닙니다. 포스터 한 장, 판화 한 장으로도 충분히 행복할 수 있습니다.

인생을 풍요롭게 하고 삶을 여유롭게 만드는 것은 물질이 아니라 예술을 사랑하는 마음일 것입니다.

엄마와 손잡고

전시장에 와서 관람하는 모습은 제각각입니다. 전시장 전체를 단 몇 초 만에 보고 가는 사람, 전체를 돌아본 후 한 작품씩 천천히 보는 사람, 들어오자마자 그림에 바짝 붙어 한 그림만 보는 사람….

가장 걱정스러운 관람객은 아이스크림을 들고 오는 아이들입니다. 주의를 주면 부모들이 싫어하고, 그냥 지켜보자니 불안합니다.

손으로 작품을 만지는 관람객도 있습니다. 배낭을 메고 아무 생각 없이 작품 앞을 빙빙 도는 관람객을 보면 '저러다 배낭이 작품 표면에 스치지나 않을까' 하는 생각에 조바심이 납니다.

얼마 전 큰 기획전을 열면서 1,000원씩 입장료를 받기로 했습니다. 작품을 좀 더 관심 있게 볼 것이라 예상했기 때문입니다.

추운 겨울이었는데 어머니 두 분이 각각 유치원생 아이를 데리고 왔습니다. 그런데 예상치 못한 일이 벌어졌습니다.

"어머, 입장료를 받네. 너희 둘만 공짜로 들어갔다 와. 엄마는 여기서 기다릴게."

꼬마는 안내하는 언니의 손을 잡고 전시장을 둘러보고 갔습니다. 두 분에게 무슨 말을 하고 싶었지만 기회를 놓치고 말았습니다.

가끔 이런 질문을 받습니다. 아이들을 어떻게 하면 잘 키울 수 있느냐고요. 나는 주저하지 않고 "매일 뽀뽀 100번씩 해 주세요"라고 대답합니다. 그건 숫자 100을 의미하는 것이 아니라 그만큼 사랑하며 아이들과 함께 시간을 나누라는 뜻입니다.

그날 오신 어머니들은 어릴 적부터 자녀를 전시장에 데리고 다니며 좋은 교육을 시키겠다는 의도였을 것입니다. 아이들끼리 작품을 보게 하는 것보다 엄마와 손잡고 전시장을 거닐며 행복한 시간과 공간을 같이 나누는 것이 참 좋은 교육 아닐까요.

전시장에 갈 때는

수요일은 전화를 받느라 일을 제대로 할 수가 없습니다. 대부분 화랑 위치를 묻는 꽃집으로부터 오는 전화입니다.

인사동 일대의 전시회는 수요일 저녁에 오픈 행사를 합니다. 작가는 몇 달 혹은 몇 년씩 작업실에서 자신과 싸우며 완성한 작품을 보여 주는 기회라 무척 상기되어 있습니다. 또 그 작가를 아는 분들은 진심으로 축하의 마음을 꽃에 담아 전달합니다.

나도 꽃 선물 받는 걸 좋아합니다. 유학 시절 남편이 암스테르담에 갔다가 새벽 기차로 와서는 아직 잠이 깨지 않은 채 문을 열어 주는 나에게 신문지에 싼 장미꽃 한 다발을 내밀었습니다. 길에서 강도 두 명이 칼로 위협하며 돈을 내놓으라고 했는데 다행히 내가 준 작은 지갑을 주고 위기를 모면할 수 있어서 그 고마움을 표현하기 위해서랍니다.

내 나이 사십이 되던 날 꽃 선물을 받고 싶었습니다. 매년 나이 숫자만큼 장미를 사달라고 했는데, 그 숫자가 점점 늘어나 이제는 그만두었습니다.

작가들의 옷이 무채색인 경우가 많습니다. 그건 작품을 잘 보이도록 하기 위한 배려입니다. 보내 주신 분의 정성을 생각해서 꽃을 전시장에 두었을 때, 아름다운 꽃들로 인해 자신의 작품이 드러나지 않는다면 무척 속상할 것 같다는 생각도 해 봅니다.

전시가 끝났을 때도 곤란을 겪는 경우가 있지요. 작은 건 집에 가져갈 수 있지만 커다란 화환은 처리 비용을 지불해야 하니 말입니다.

얼마 전 어느 구청장이 취임식 때 축하선물로 쌀을 받아 필요한 사람들에게 나누어 주었다는 기사를 읽고 머리를 끄덕였습니다. 작가들에게 가장 큰 선물은 전시장에 와서 작품을 봐 주는 것입니다. 작은 선물이라도 준비해서 축하해 주고 싶다면, 작가에게 필요한 것이 무엇인지 한 번 더 생각하면 좋을 것 같습니다.

좋은 생각이 떠오르지 않을 때는 더 나은 작품을 기대하는 마음을 봉투에 담아 건네는 건 어떨까 합니다.

기억에 남는 도시

외국에서 온 친구와 함께 공항에서 차를 타고 시내로 들어왔습니다. 별 반응이 없던 친구가 도심으로 들어서자 무척 신기해하며 카메라를 꺼내 창밖을 향해 마구 셔터를 눌러댔습니다. 도대체 무엇이 저 친구를 저렇게 신나게 하는지 궁금했지만 가만히 기다리고 있었습니다.

좀 진정이 되었는지 친구는 "간판이 건물을 온통 싸고 있어서 너무 재미있다"며 웃었습니다.

일주일간 지내다 떠나면서 친구는 그동안 눈이 많이 피로했다며, 빨강이나 노랑 같은 자극적인 색깔로 잔뜩 적어 놓은 간판이 어딜 가나 똑같아서 어디를 다녀왔는지 기억이 나지 않고 혼란스럽다고 했습니다.

그 말을 들으며 나는 유럽의 깔끔하고 차분한 도시 모습을 떠올렸습니다. 나름대로 특색 있는 도시들, 그리고 다시 보고 싶은 생각이 들게 하는 작지만 정감이 가는 간판들이 생각났습니다.

내가 근무하는 갤러리 건물에는 간판이 없습니다. 검은색 벽에 검은색 글씨로 자그마하게 이름만 적어 두었으니 찾아오시는 분들한테 늘 "찾아오느라 애먹었다"는 핀잔을 한 마디씩 듣습니다. 그때마다 "오늘 힘드셨으니 다음에는 잘 찾아오실 거예요. 이름도 어렵고 간판도 없어서 죄송합니다"라고 말하지요.

사람들의 눈에 쉽게 띄어 경쟁에서 이겨야 하니까 크기, 내용, 색깔 모두 자극적으로 해서 빨리 많은 정보를 주고자 하는 것은 이해할 수 있지만 전체의 조화를 생각하며 조금씩 양보했으면 좋겠습니다. 기억에 남는 도시의 이미지를 만들기 위해서, 그리고 나의 삶이 더욱 여유로워지기 위하여.

그래도 · 사랑

진달래꽃

겨울을 활활 털어 버리고 연분홍 연한 맨살로 만천하에
활짝 현신하는 진달래는 이름도 많습니다.

연달래, 꽃달래, 반달래, 진달래, 수달래…

우리 땅 어느 곳에서나 볼 수 있는 우리 꽃이기에 지방마
다 다른 이름이 있지요. '진달래'라는 이름만 들어도 떠오
르는 것들이 많습니다. 진달래는 꽃이 먼저 피고 잎이 나옵
니다.

조연현 시인은 "진달래는 먹는 꽃 먹을수록 배고픈 꽃"
이라고 하였지요. 지금은 잊혀진 단어지만 보릿고개라는
말이 익숙하던 시절 뒷산에 올라가 진달래를 따먹고 입술
이 퍼렇게 물든 기억을 떠올립니다.

삼월삼짇날이면 부녀자들이 소풍 가서 진달래 꽃잎 따서
찹쌀 반죽에 묻혀 화전을 부쳐 먹었지요. 아버지 무덤 찾아

올라간 언덕에서 마주치는 진달래는 마음속 깊이 있는 말로 표현하지 못하는 서러움, 그리움, 환희 등을 모두 끌어안고 있는 꽃이기도 합니다.

고달픈 일상에서 봄이 오면 뒷산에 올라가 진달래꽃을 먹기도 하고 귀 밑에 꽂기도 하던 어머니들의 마음을 이해하고, 그 어머니들이 잘 되라고 늘 기원하던 자식들이 이제는 많이 자랐습니다.

어머니의 사랑으로 축복을 받은 것이지요. 이 땅의 어머니들께 감사합니다.

꽃술일랑 고이 두고 꽃잎만 따서 지져먹고
배부르면 진달래꽃술로 꽃 싸움 하자.

나의 여인이 되어 주오

　도심의 삭막함, 그 안에서의 건조한 삶을 조금이라도 촉촉하게 해 줄 수 있는 건 예술과 친하게 지내기라는 생각으로 문화 산책에 나섰습니다.

　신의 손이 조각한 듯 완벽한 작품이라는 평을 듣는 로댕의 전시장을 찾았습니다. 차가운 조각 속에 인간의 고뇌, 욕망, 사랑, 증오를 열정적이고 감성적으로 담아낸 작품들은 많은 사람들의 발길을 전시장으로 끌어들였습니다.

　미술사의 격변기인 19세기 후반에 공공 기념물의 장식품 정도에 지나지 않았던 조각을 순수 창작미술의 독립적인 분야로 만든 그의 위대함은 무엇일까 생각하며 작품을 찬찬히 음미했습니다.

　전시의 출발은 '신의 손'입니다. 오른손에 아담과 이브를 움켜쥐고 있는 이 작품은 조물주를 상징하는 동시에 새로운 작품을 창조하는 예술가의 손을 암시합니다. 왼손으로 웅크린 여인을 쥐고 있는 조각 '악마의 손'도 있습니다. 왜 왼손과 오른손을 그렇게 구분했는지는 알 수가 없습니다.

힘이 느껴지지만 깊은 고민에 빠진 듯한 '생각하는 사람'은 무척 눈에 익은 작품입니다. 벌거벗고 바위에 앉아 발을 모으고 주먹을 입가에 대고 꿈을 꾸는 남자는 몽상가입니다. 하지만 그는 창조를 위해 생각에 잠겨 있는 것입니다.

라이너 마리아 릴케는 "명성을 얻기 전 로댕은 고독했다. 명성을 얻은 후 그는 더욱 고독해졌다"라고 말한 적이 있습니다. 이 말은 원하건 원하지 않건 수많은 사람들을 만나고 바쁜 척 뛰어다니지만 마음 한구석이 공허한 우리 모두에게 해당되는 말이 아닐까 생각합니다.

"내 사랑 카미유! 미의 여신이여, 속삭이는 꽃보다 총명하고 아름다운 나의 사랑아, 매일 그대를 볼 수 없다면 난 더 이상 작업을 할 수 없을 거야. 솔직히 너를 잊을 수 있을 거라 믿는 순간들이 있다. 그러나 그것도 잠시뿐, 나는 너의 끔찍한 힘을 느낀다. 너를 보지 못하면 끔찍한 광기가 시작된다. 나는 더 이상 작업을 하지 않는다."

로댕이 클로델에게 보낸 편지입니다.

클로델은 "선생님이 여기 있다고 믿어 보려 옷을 다 벗고 잠이 들지만, 눈을 떠 보면 현실은 더 이상 꿈과 같지 않아요. 더 이상 나를 배신하지 않으셔야 해요"라고 로댕에게 편지를 보냅니다.

그 둘의 절절한 사랑은 차가운 돌에서 따뜻한 체온이 느껴지는 작품들을 탄생시켰습니다. '입맞춤', '영원한 우상', '탐욕과 욕정'에서 보듯이 클로델은 로댕에게 영감을 주는 뮤즈였기에 로댕의 모든 작품에서는 클로델의 숨결이 감지됩니다. 하지만 그들의 사랑의 결말은 비극적입니다.

클로델의 작품에는 정신병원에서 죽음을 맞기까지 너무나 가련하고, 애절하고, 가슴 아픈 사랑이 스며 있습니다. 로댕을 벗어나 온전하게 홀로 설 수 없었던 자신의 불완전한 일생과 이루지 못한 사랑을 잘 설명하는 한쪽으로 쏠린 구조의 작품 '왈츠'를 어떤 평론가는 이렇게 말했습니다.

"이것은 사랑인가, 죽음인가? 두 사람의 육체는 젊고 펄펄 뛰는 생명력으로 가득 차 있지만 그들을 둘러싸고 그들과 함께 돌며 그들 뒤로 끌리는 주름진 옷은 수의처럼 펄럭인다. 그들이 춤추며 가는 곳이 어디인지, 그것이 사랑인지 죽음인지 모르겠다. 다만 한 가지 분명한 것은 이들 위에는 슬픔이 깃들어 있다는 것이다. 그 슬픔은 너무도 감동적이

어서 죽음으로부터 온 것 같다. 아니면 죽음보다 더 슬픈 사랑 때문인지도 모르겠다."

사랑과 예술이라는 이름의 욕망을 포기한 후 동생 폴에게 "내겐 건너지지 않는 바다 하나가 너무 깊다. 이제 혼자서 노를 저을 수 있겠다. 로댕이란 바다를 건널 수 있겠다"라는 편지를 보냅니다.

카미유 클로델이 자기 자신의 내부에서 자유로움을 느끼고, 자신감을 갖게 된 것을 우리도 공감하게 됩니다.

하지만 전시장을 떠나도 머리에서 떠나지 않는 클로델의 작품이 있습니다. 로댕의 사랑, 그리고 예술가로서의 성공을 동시에 갈구했던 여인의 자화상처럼 느껴지는, 무릎을 꿇은 채 어딘가를 향해 손을 뻗고 있는 여인의 모습을 담은 작품 '애원하는 여인 혹은 간청하는 여인'을 보고 있으면 또 다른 애원하는 모습이 겹쳐집니다.

클로델의 경우와는 반대로 해피엔딩으로 끝나는, 자신의 조각을 사랑하고 그 조각의 여인과 결혼한 피그말리온 이야기입니다.

그리스 신화에 나오는 피그말리온은 키프로스의 왕입니다. 키프로스의 여인들이 나그네를 박대하다 아프로디테의 저주를 받아 나그네에게 몸을 팔게 되었는데, 이 때문에 피그말리온은 여성에 대해 좋지 않은 감정을 갖게 되어 결혼하지 않고 살았습니다.

그러던 어느 날 상아로 여인상을 조각하고 완벽한 그 모습에 반하여 '갈라테이아'라는 이름을 붙이고 사랑하게 되었습니다. 미의 여신인 아프로디테에게 조각상이 진짜 여자로 변하게 해 달라는 소원을 빌었습니다. 조각상에 입을 맞추었더니 따뜻한 온기가 전해지며 그가 원하던 여인으로 변했습니다. 아프로디테가 피그말리온의 사랑에 감동해 소원을 들어준 것이지요. 자신이 꿈에 그리던 것이 현실로 이루어지는 기적과 같은 일이 일어난 것입니다.

복잡한 현실을 떠나 도심 한가운데서 예술과의 만남은 또 다른 소망을 갖게 합니다. 자신의 조각에 "나의 여인이 되어 주오!"라고 간청하며 매일 사랑했더니 그 소원이 이루어졌듯이 꿈과 소망을 가지면 현실이 달라진다는 확신이 생겼습니다.

뭔가를 기대할 수 있는 상대가 아니더라도, 이루어질 것 같지 않은 상황이더라도, 마음속에서 믿고 기다리면 좋은 결과로 변하게 만드는 신기한 능력이 우리 마음에 있다는 사실을 알았습니다.

세상에 하나뿐인 당신

안녕!

안녕!

나랑 놀자. 난 아주 쓸쓸하단다.

난 너랑 놀 수 없어. 우린 서로 길들이지 않았으니까.

'길들이다' 가 뭐니?

넌 무얼 찾니?

나는 사람을 찾아. 근데 '길들이다' 가 뭐야?

사람들은 총을 갖고 사냥해. 사람들은 닭을 기르기도 해.

너도 닭을 찾니?

아니, 나는 친구를 찾는 거야. '길들이다' 가 무슨 말이야?

'관계를 맺는다' 는 뜻이야.

너는 나에게 아직 몇천, 몇만 명의 어린아이들과 다르지 않은 아이에 불과해. 나는 네가 필요 없고 너는 내가 아쉽지도 않아. 너에게 나는 몇천 몇만 마리의 똑같은 여우에 지나지 않아. 그렇지만 네가 나를 길들이면 우리는 서로 아쉬워질 거야. 너는 나에게 세상에 하나밖에 없는 아이가 될 거고, 나는 너에게 세상에 하나밖에 없는 여우가 될 거야.

생텍쥐페리의 「어린 왕자」에서 어린 왕자와 여우가 만나 나누는 대화입니다. '첫눈, 첫 만남, 첫사랑, 첫아이, 첫돌, 첫 키스…' 처음이라는 의미는 항상 신선하고 조심스럽고 설레고 무엇인가를 기대하게 됩니다. 첫 만남에서는 어디까지 다가가야 할지 몰라 그저 머뭇거리고 망설이고 바라보기만 합니다.

> 네가 나를 길들이면 나의 생활은 해가 돋는 것처럼 환해질 거야. 난 어느 발소리하고도 틀린 네 발소리를 알게 될 거야. 다른 발자국 소리를 들으면 나는 땅 속으로 들어가지. 그러나 네 발자국 소리는 음악소리마냥 나를 굴 밖으로 불러낼 거야. 제발 나를 길들여다오.
> 그러지. 하지만 나는 시간이 별로 없어. 친구를 찾아야 하거든.
> 친구를 갖고 싶거든 나를 길들여!

　　저만치 떨어져 앉았던 사이에서 옆으로 옆으로 다가와 어깨동무할 수 있는 거리로 좁혀졌습니다. 로즈마리향의 차를 혼자 마시면서 함께 듣던 음악과 같이 걷던 길과 마주 앉아 먹던 음식들을 기억합니다. 행복한 과거를 회상하며 마냥 즐거워합니다.

살아가면서 많은 분들을 만납니다. 우연한 만남도 있고 약속 날을 손꼽아 기다린 만남도 있었습니다. 첫 만남은 조심스럽지만 두 번, 세 번 만남이 반복되면서 서로 길들이고 길들여지게 됩니다. 친구가 되었다고 할까요.

익숙해지고 편안해지는 좋은 점도 있지만 풋풋함과 상큼함이 사라지는 아쉬움도 있습니다. 같이 나누었던 시간과 공간에 대한 기억 때문에 서로가 세상에서 단 하나뿐인 사람이 되면서 아무리 많은 사람이 모여 있다 할지라도 가장 먼저 눈에 들어옵니다. 수많은 목소리 가운데서도 그 목소리를 구별할 수 있습니다.

하늘의 별만큼, 바다의 모래알처럼 많은 사람 중의 한 명에 지나지 않다가 이제는 세상에서 단 하나뿐인 사람이 된 소중한 분들을 떠올리며, 여우가 우리에게 주는 말을 기억하고 싶습니다.

사람들은 이 진리를 잊어버렸어. 하지만 너는 잊어버리면 안 돼. 네가 길들인 것에 대해서는 영원히 네가 책임을 져야 되는 거야….

극성 엄마

'메달을 향한 폭풍 질주'

'쾌속 질주, 스피드스케이팅'

빙판 위를 줄지어 스케이트 날로 얼음을 지치고 나아갑니다. 커브를 돌면서 한 명이 휙 앞으로, 앗! 이번에는 옆에 있는 선수가 앞으로 나아갑니다.

동계올림픽을 보면서 전혀 몰랐던 단어들을 접하게 되었습니다. 쇼트트랙과 스피드스케이팅이 다르다는 것도 알게 되고, 피겨스케이팅도 숨죽여 보았습니다. 한 쌍의 남녀가 흐르는 음악에 맞춰 빙판을 누비며 이루어 내는 완벽한 조화는 아름다움의 극치를 보여 주었습니다.

감동은 얼음판 위에만 있는 것이 아닙니다. 하얀 눈 위에서 펼쳐지는 경기도 눈을 뗄 수 없게 합니다. 오른쪽 왼쪽 울퉁불퉁한 눈 위를 내려오다 휙 한 바퀴 공중회전을 한 다음 결승선에 도달하는 경기도 있고, 보드 한 장에 몸을 싣고 눈 언덕을 속도감 있게 오르내리는 경기도 있습니다.

문득 두 편의 영화가 생각났습니다. 영화 '쿨러닝'의 주인공은 100미터 달리기 선수였는데 올림픽 출전을 꿈꾸며 준비하다 대표선수 선발전에서 동료가 넘어지는 바람에 같이 탈락하게 됩니다. 단거리 선수가 동계올림픽 봅슬레이 종목에 강하다는 사실을 알고 겨울이 없는 자메이카에서 팀을 구성하고 연습용 썰매로 훈련해 동계올림픽에 출전한다는 감동적인 이야기입니다.

영화 '국가대표'는 1996년 무주 동계올림픽 유치를 위해 급조된 스키점프 국가대표팀의 실화를 토대로 만든 것입니다. 개인의 이익을 위해 시작한 다섯 명의 선수는 상상을 초월한 어려운 훈련과 역경을 이겨냅니다. 마침내 그들은 스키점프에 애정과 열정을 갖고 도전정신으로 무장한 진정한 대한민국 국가대표가 됩니다.

동계올림픽 중계 해설자가 우리나라에서는 눈 위에서 연습하기가 어려워 여름에는 수영장에서 했다고 하는데, 설마 영화에서처럼 맨몸으로 점프대 공사장에서 혹은 놀이공원 플룸라이드를 개조한 점프대에서 연습한 것은 아니리라 믿습니다. 불가능한 상황에서 최선의 노력으로 세계 무대에 우뚝 선 선수들에게 찬사를 보냅니다.

어린이들에게 스케이트를 가르치는 것을 본 적이 있습니다. 꼬마들이 팔을 앞뒤로 흔들며 손가락을 쫙 펴서 코끝에 대고 납작 엎드려 질주를 했습니다. 열심히 앞으로 달려가는 꼬마들을 향해 선생님은 '빨리, 더 빨리, 허리 굽히고'를 외치고 엄마들은 가만히 지켜보고 있었습니다.

너무 무섭게 가르친다는 생각을 하면서 제가 젊은 엄마였을 때를 돌아보았습니다. 수영, 스케이트, 스키 혹은 피아노, 플루트 등을 어릴 때 가르치는 것은 나중에 좀 더 즐겁게, 재미있게, 행복하게 인생을 살 수 있도록 하기 위함이 아니던가요. 폼이 좀 이상하고, 음이 약간 틀린다고 큰일이 나는 것도 아니고, 모두 선수가 되지도 않을 테고, 음악가가 될 것도 아닌데 즐기면서 배우도록 할 수는 없을까요.

그런데 다시 생각해 보면 그런 엄마들 열성 덕분에 세계대회에서 우승도 하고, 각 분야에서 최고가 되기도 합니다. 아이 장래를 진정으로 생각하고 잘 설계하는 진짜 극성 엄마가 많아지기를 바랍니다.

피아노에 얽힌 추억

　지금은 초등학교지만 국민학교 시절, 학년 초가 되면 가정환경 조사서를 적어 가야 했습니다. 부모의 학력, 종교, 집이 전세인지, 텔레비전이 있는지 등을 표시해야 하는데 빠지지 않는 항목이 피아노였습니다. 우리 집은 텔레비전도 없고 피아노도 없어서 그랬는지 나는 어른이 되어서도 유난히 피아노에 집착하는 것 같습니다.

　첫아이가 태어났을 때 시어른들께 선물로 피아노를 사달라고 했지만 곧 프랑스로 가게 되어 시댁에 두고 떠났습니다. 아이가 다섯 살이 되자 피아노 레슨을 시키겠다고 콘세르바트와르를 찾았더니 모차르트를 만들 거냐며 교수가 거절했습니다.

　일년 동안 매주 한 시간씩 음악이론 수업을 하고 그 다음해부터 실기 수업을 한다고 해서 어쩔 수 없이 기다렸습니다. 그 이듬해 실기를 시작했으나 일주일에 겨우 30분씩이었지요. 집에 피아노가 없는 나는 마음이 급해 할부로 구입하려고 했으나 안정적인 수입이 없는 유학생은 안 된다고 하여 몇 시간 동안 온갖 사정을 이야기한 후에야 계약을 했답니다.

기억은 잘 나지 않지만 꽤 오랜 기간 할부금을 갚느라 슈퍼마켓에 가서 무조건 세일하는 품목만 사왔습니다. 감자가 싸면 일주일 내내 감자요리, 양파가 싸면 양파요리만 먹었습니다.

세월이 흘러 한국으로 다시 올 때, 우리 집 재산 1호인 피아노는 아이를 봐주던 보모 가정에 주었습니다. 귀국 후에도 제일 먼저 장만한 것이 피아노였습니다. 딸아이들을 피아니스트로 키울 생각은 없었지만 음악을 즐기고 사랑하며 살기를 바라는 마음 때문이었습니다.

며칠 전 피아노 조율을 했습니다. 귀국하고 산 피아노의 첫 조율을 해 주신 분이 지금까지 우리 집 피아노를 봐 줍니다. 이제는 머리가 하얗게 세고 얼굴에 굵은 주름이 패였지만 변함없이 묵묵히 일하시는 모습이 참 보기 좋습니다.

돈을 좇아 이 직장 저 직장 옮겨 다니는 사람보다 자기 일에 최선을 다하는 분들이 많았으면 좋겠다는 생각이 들고, 요즘도 초등학교에 가정환경 조사서가 있는지, 있다면 알고 싶어 하는 재산의 척도가 무엇인지 궁금합니다.

시, 음악, 그림… 그리고 인생

세월을 보내면서 감사할 일들이 하나하나 늘어난다는 사실이 정말 감사합니다. 계절의 변화를 느낄 수 있는 것이 또 하나의 감사가 될 줄은 여태 몰랐습니다.

무더위가 물러나고 아침 저녁 신선한 바람이 와 닿을 때면, 내가 가장 좋아하고 계절이 가까이 온 것을 느끼며 즐거워합니다.

가을은 우리 감성을 가장 예민하게 만듭니다. 높은 하늘, 투명한 하늘 빛깔에 가슴 설레고, 수줍은 코스모스를 안아주고 싶습니다. 풀벌레 소리는 가슴속 깊이 묻어 둔 서글픔, 애잔함, 그리움을 기억하게 합니다.

서늘한 바람이 와 닿으면 늘 윤동주의 시를 떠올립니다.

계절이 지나가는 하늘에는

가을로 가득 차 있습니다.

나는 아무 걱정도 없이

가을 속의 별들을 다 헤일 듯합니다.

가슴속에 하나 둘 새겨지는 별을

이제 다 못 헤는 것은

쉬이 아침이 오는 까닭이요

내일 밤이 남은 까닭이요

아직 나의 청춘이 다하지 않은 까닭입니다.

별 하나에 추억과

별 하나에 사랑과

별 하나에 쓸쓸함과

별 하나에 동경과

별 하나에 시와

별 하나에 어머니, 어머니….

이 대목쯤 오면 괜한 서러움에 눈물이 핑 돌고, 머릿속엔 여러 그림들이 스쳐갑니다. 모네의 '양귀비', '정원', '우산을 쓴 여인', 고흐의 '해바라기', '까마귀 나는 보리밭' 등이 영사기 돌아가듯 지나가다 '별이 빛나는 밤' 그림에서 영상이 멈춥니다. 소용돌이가 이는 화폭 가득 떨어지는 영롱한 별빛은 거대한 빛을 발하고 있습니다. 돈 맥클린의 노래 '빈센트'가 별빛에 묻어 화면 밖으로 튀어나오는 듯합니다.

시와 그림과 음악이 어우러지고, 피부에는 시린 가을이 와 닿는 이런 느낌이 참 좋습니다. 이글거리던 태양과 수많은 색깔로 가득찬 바다를 탐닉한 후에 오는 느낌이라 더욱 절실합니다. 철 지난 바다를 혼자 거닐고 싶다는 생각과 함께, 다시는 돌아갈 수 없는 시간을 그리워하다 보면 가슴이 텅 비어 버리는 것을 발견합니다. 이 허전함을 어떻게 하면 충만함으로 만들 수 있을까요.

나는 전시장 가기를 좋아합니다. 좋아한다는 것은 그것에 길들여졌다는 말입니다. 이 취미는 어쩔 수 없는 상황에서 만들어졌습니다. 파리에서 공부하는 동안 주말에 아이들과 좀 더 유익하게 시간을 보낼 수 있는 방법이 없을까 생각했습니다. 냉난방 시설이 잘 되어 있고, 깨끗하고 쾌적

하고 경제적이고 교양에도 도움이 되고, 또 문화인처럼 보이게 하는 최상의 놀이터는 미술관이었지요.

이번 주에는 이 전시장에 있는 그림을 흉내내어 보고, 다음 주에는 그 옆 전시장을 구경하며 온몸으로 미술관의 공기를 호흡했습니다. 벽에 걸려 있는 대가들의 작품에서 뿜어져 나오는 열정, 고뇌, 환희를 맛보고, 미술관을 오가는 사람들에게서 풍겨 나오는 삶의 이야기를 같이 나누었습니다.

파리의 수많은 전시장을 다니면서 가장 부러웠던 것은 깨끗하게 차려입고 작품을 설명해 주는 할머니와, 한껏 멋을 내고 친구랑 얘기하며 작품 구경하는 할머니였습니다. 나도 나이 들면 친구들이랑 미술관에서 수다를 떨어야지, 그리고 여러 봉사활동도 있지만 미술관에서 작품을 설명해 주는 일은 정말 근사할 것 같다고 생각했습니다. 미술관 다니는 일에 익숙해지니 그림 보는 것이 취미가 되었고, 전시장 지키는 일을 갖게 되었지요.

같은 작가의 같은 그림일지라도 매일매일 보다 보면 그때마다 느낌이 달라지는 건 참 이상합니다. 그 그림을 마음에 담는 나의 상태에 따라 달라지는 것 같습니다. 그림 그리는 것에는 정말 소질이 없는 나는 가끔 이런 생각을 합니다. 화가는 요술쟁이라고.

화가는 빈 캔버스에 이리저리 붓질을 해서 보고픈 엄마의 얼굴, 첨벙 뛰어들고 싶은 파란 바다, 진한 향기가 코끝에 스며드는 장미, 침이 꼴깍 넘어가게 하는 먹음직스러운 사과, 사랑하는 사람과 손잡고 걷고 싶은 오솔길을 그려냅니다.

나는 그림을 보면서 엄마가 해 주신 된장찌개와 그 상에 둘러앉아 있던 장면, 사랑하는 사람들과 함께 보낸 소중한 시간들을 떠올리며 행복에 젖습니다. 잊고 있던 온갖 기억들을 불러내고, 또한 신나는 상상도 할 수 있게 해 줍니다. 작품과 대화를 나누다 보면 어느새 나 자신과 대화를 나누고 있다는 생각이 듭니다.

우리가 살고 있는 시대는 문화가 중심이 되어야 합니다. 감성경영이라는 말도 낯설지 않고, 문화마케팅이라는 단어에도 익숙합니다. 다시 말하면 아름다움을 느낄 수 있는 능력과 창의적인 생각이 '돈'이 되는 세상이지요. 문화와 예술을 즐기려면 시간 투자가 필요합니다. 많이 보고 듣고 느껴야 그 가치를 평가할 수 있는 능력이 생기는 것입니다.

예술은 인간의 감성과 지성을 표현하는 것이고 인간에게 상상할 수 있는 힘을 주고 감동을 느끼게 해 줍니다. 가끔 혼자만의 시간을 갖는 것은 어떨까요? 그때 전시장을 찾아가 보라고 권하고 싶습니다. 먼 훗날 좋은 추억을 준비하는 가을을 만들어 가시기 바랍니다.

172

행복한 밥상

언제 가장 행복하냐고 나에게 아무도 물어보지 않습니다. 나는 대답을 갖고 있는데 말이죠. 가장 행복한 시간은 혼자 음악을 들으며 저녁을 준비할 때입니다. 어느 누구에게도 방해받지 않고 머릿속에는 즐거운 생각으로 가득 채우고, 손끝으로 예술 행위를 하는 시간이기 때문입니다.

청각, 후각, 미각, 촉각, 시각을 모두 사용할 수 있는 좋은 기회입니다. 나무도마에 야채를 썰 때 도마와 칼이 살짝 달라붙는 느낌, 노릇하게 지져진 두부의 색깔, 손가락 사이에서 춤추는 나물과 고소한 참기름 냄새와의 조화, 아삭하게 삶아진 콩나물….

나는 음식 만들기 예찬론자입니다. 시장보고, 다듬고, 준비하고, 삶고, 지지고, 볶고, 무치고, 맛보고 그리고 식탁으로 옮기고. 창조의 과정입니다. 밥을 먹는다는 건 함께 사랑을 나누고 기쁨을 누리는 일입니다. 몇 안 되는 식구지만 식사 시간이 모두 다르기에 아침도 세 번, 저녁도 세 번씩 차려야 했기에 귀찮기도 했지만 그 힘겹던 시절이 그리워지는 건 왜일까요?

가끔 금방 지은 밥에 된장찌개와 살짝 구운 김, 김치, 멸치볶음을 작은 상에 차려 혼자 거실에 앉아 추억을 먹습니다. 땀 흘리며 홍두깨로 밀가루 반죽을 늘여 칼국수를 만드시는 엄마 옆에 쪼그리고 앉아 한번 만지게 해 달라고 조르던 나의 어린 시절. 내가 엄마 된 후에는 딸들과 함께 나뭇잎을 깨끗이 씻어 초콜렛을 녹여 부어 세상에 하나밖에 없는 모양의 초콜렛도 만들고, 아이 친구들을 집으로 불러 조그만 손들과 함께 떡꼬치, 수제비, 케이크도 만들었는데….

요즘 편리한 스마트폰의 혜택을 가장 많이 받는 건 멀리 떨어져 사는 우리 식구들입니다. 그룹 채팅으로 네 식구가 실시간 대화를 나눕니다. 작은아이가 프라이팬에 반쯤 고기를 넣고 또 반쯤은 야채를 썰어 둔 사진을 보내왔습니다. "보기에는 먹음직한데 맛은 어떨까?" 내가 얼른 적습니다. "소스는 뭘로 할 거니?" 큰아이가 거듭니다. "고기와 야채는 차례차례 볶아야 해!"

주걱을 들면 나는 수다스러워집니다. 첫 번째 주걱을 뜨면서 "자~ 건강하고", 두 번째 주걱을 뜨면서 "이번 시험 힘들지만 조금만 더 하자" 하고 밥그릇의 주인에게 말을 걸면서 밥을 푸곤 하였습니다. 하지만 이제는 달랑 두 식구, 거기에 가끔은 혼자 먹을 때도 있으니 밥을 푸는 의식을 할 수 있는 기회가 줄어들었기에, 한 주걱을 푸면서 온갖 마법을 겁니다. '건강해라, 성실해라, 서로 아껴주라, 엄마는 너희들을 정말 사랑한다' 며 주문 외우는 것이 성에 차지 않으면 반찬이나 상 차려 둔 것을 스마트폰으로 찍어 바로 보냅니다.

몇 주 후면 딸들에게 갑니다. 기껏해야 일 년에 2주일 정도 같이 지내지만, 아침에 학교 데려다 주고, 하루 종일 맛있는 것 만들며 기다릴 것입니다. 오늘은 조기를 굽고, 호박잎 삶고, 비름나물 무치려고 하는데, 이걸 사진 찍어 보내주면 그 맛을 기억하며 엄마를 생각해 줄까요?

세상에서 가장 소중한 그림들

손바닥 두 쪽 크기의 까칠까칠한 까만 바탕 위에 크레파스로 그린 아빠와 엄마. 분명 아빠의 모습인데 분홍색 옷을 입고 있고, 엄마를 그린 것 같은데 넥타이를 맨 듯합니다. 가장자리는 색색의 수수깡을 잘라 붙여 제법 액자 같은 분위기가 납니다.

이것은 아침에 눈뜨면서 가장 먼저 대하는 우리 집 보물입니다. 오래전 작은아이가 유치원에서 그려 온 아빠와 엄마 그림입니다.

우리 집은 눈길이 자주 머무는 곳에 아이들 어릴 적 작품이, 그 사이의 빈 벽에는 전문 작가들의 그림이 자리잡고 있습니다. 거실에는 작은아이가 고등학교 때 열쇠를 들고 문을 여는 자신의 모습을 나타낸 암울한 동판화가 있고, 안방으로 가다 보면 세 살 때 그린 공주님이 활짝 웃고 있습니다.

부엌에서 문득 고개를 들면 다섯 살 때 큰아이가 그린 커다란 무지개가 나를 향해 손을 흔들고, 서재에는 '소박함에 둘러싸여'라는 제목의 중학교 때 그린 그림이 있지요.

나는 이 그림의 제목이 마음에 듭니다. 중학교 1학년짜리가 소박함이라는 단어의 뜻을 제대로 알았을까요? 이 그림들을 사랑스런 눈길로 대할 때마다 행복한 기억들이 되살아납니다.

가정이라는 삶의 근원이 되는 공간에서 예술품을 만날 수 있다는 것은 커다란 축복입니다. 이름난 작가의 작품, 예술성이 뛰어난 작품도 좋지만, 정말 소중한 것은 가족의 이야기가 담긴 그림이라고 생각합니다.

아름다운 추억을 떠올리고, 새로운 이야기를 만들어 내고, 고마움을 느끼게 하는, 생활의 일부가 되어 버린 소중한 작품의 가치는 물질만으로 따질 수 없습니다. 가장 소중한 것은 마음으로 보고, 가슴속 깊숙한 곳으로부터 감사하는 가치가 아닐까요.

무지개 정원

화가는 마술사입니다.
빈 캔버스에 이리저리 붓질만 하면
보고픈 엄마 얼굴
파란바다와 하늘 그리고
붉게 물든 저녁 노을도 만듭니다.

그 그림을 보면
엄마가 해 주신 고소한 부침개의 맛이 기억나고
학교에서 돌아온 나를 반갑게 맞이하던 강아지와
활짝 핀 꽃으로 가득하던 앞마당이 생각나고,
지난여름 바닷가에서 듣던 음악과
파도 소리가 귓가에 맴돕니다.

구체적 형상과 강렬한 색으로 화면을 가득 채워
우리가 잊고 있던 기억들을 찾아내고,
신나는 상상을 하도록 해 주는 화가는
캔버스 위의 요술쟁이입니다.

존재하지만 만질 수 없고
볼 수는 있지만
몇 가지 색인지, 경계가 어디인지,
시작과 끝이 어딘지 알 수 없는 무지개.

빨강, 파랑 두 가지 색깔, 오색 무지개
혹은 일곱 가지 색으로 인지되는 무지개 빛깔.
당신 마음속 무지개는
몇 가지 색깔인지 생각해 보셨나요?

우리 마음 크기만한 정원에서
사랑보다 아름다운
완벽한 빛깔로 유혹하는 무지개
그 무지개 속으로 들어가기도 하고,
올라타 보기도 하며
사랑의 무지개, 그리움의 무지개, 행복의 무지개
만들어 봅니다.

마음의 부자

어릴 적에 커서 무엇이 되고 싶으냐고 물어보면 대통령, 선생님, 장군, 의사 등 구체적인 직업을 대곤 했습니다. 그런데 요즘 아이들은 '부자'라고 대답한답니다. 어린이뿐만 아니라 어른들도 돈을 많이 가지는 것이 삶의 목표가 되어 버린 것 같습니다.

갤러리에 오는 손님들이 투자가치 있는 그림을 권해 달라고 하면 난감해집니다. 그림을 좋아하다 보니 이제는 취미가 직업이 되어 버린 나는 무지 운좋은 여자입니다.

그림을 대할 때마다 마음속으로 손님들에게 권할 그림, 딸들에게 줄 그림, 감상만 하고 구입은 보류해야 할 그림 등으로 나눠 보지만 누구에게 말을 하기에는 무척 조심스럽습니다. 부동산, 금, 금융상품 등이 투자의 대상이듯 미술품도 분명 투자 품목입니다. 이십 년 전에 사둔 그림을 좋은 가격에 팔아 딸 시집보내는 데 보탠 친구가 있으니까요.

그런데 그림은 다른 투자 대상과 다릅니다. 소장하는 동안 누릴 수 있는 그림과의 은밀한 속삭임, 그림을 매개로 한 가족들과의 행복한 대화 등 숫자로 계산할 수 없는 정신적 만족을 얻을 수 있습니다. 그림은 단순히 찍어내는 물건과는 다릅니다. 세상에 하나밖에 없는 작가의 혼이 들어간 작품입니다.

　또한 같은 작가의 수많은 작품 중에서도 좋은 작품과 그렇지 못한 작품이 있으니 가격은 달라질 수밖에 없습니다. 인간의 오감 중에서 미각, 청각, 후각, 촉각은 학습을 하지 않고도 좋고 싫음을 바로 표현할 수 있습니다. 그런데 시각은 다르지요. 오랜 시간 동안 보는 훈련을 거친 후에야 가치를 판단할 수 있는 눈이 생깁니다.

　21세기는 문화의 시대라고 합니다. 정치인도 문화를 이해하는 멋진 사람으로 인식되고 싶고, 경영인도 감성경영의 선구자가 되고 싶지만 구체적으로 어떻게 해야 할지 몰라 눈치만 살피는 경우가 많습니다.

　아름다움을 이해하는 능력, 그리고 창의성과 상상력이 돈이 되고 권력이 되는 문화 시대의 주역으로 살고자 하면 약간만 부지런해지면 됩니다. 주변에 공짜로 혹은 약간의 입장료만 지불하면 그림을 볼 수 있는 공간이 많습니다. 인사동, 삼청동, 청담동 등의 화랑, 시립미술관, 국립박물관 등 좋은 작품들이 여러분을 기다리고 있습니다.

그림을 볼 줄 모른다는 말은 성립하지 않습니다. 그저 보고 느끼면 되는 것입니다. 고등학교 교과서에 실린 시를 쓴 시인이 그 시에 관한 수능시험 문제의 정답을 맞히지 못했다는 얘기를 들었습니다. 시인은 자기 감정으로 글을 썼을 테고, 감상자는 감상자의 관점에서 느끼면 되는 것입니다. 예술을 이해하는 것은 감상자 각자의 느낌이 정답입니다.

우리 모두는 행복을 원합니다. 문화를 이해하고 예술을 사랑하는 마음의 부자는 돈만 많은 사람보다 행복합니다. 행복이란 저울로 무게를 잴 수 있는 것도, 돈으로 환산할 수 있는 것도 아닙니다. 내 스스로 만드는 것입니다.

그림과 음악의 유쾌한 동거

혼자라고 생각될 때
하늘에 구름이 잔뜩 낀 날은
브루흐의 콜 니드라이를 듣습니다.
느릿느릿 첼로의 깊은 음을 따라가다 보면
어느새 천상에서 산책하고 있음을 느낍니다.

상쾌한 아침이면
누군가에게 재잘거리고 싶을 땐
그리그의 페르귄트를 듣습니다.
소리에 몸을 싣고 온몸으로 지휘하다 보면
맑은 숲과 공기가 가슴 가득 채워짐을 느낍니다.

소박한 소망이 하나 있다면
조그만 공간, 그리고
그 공간에서 그림과 음악을 함께 만나는 것입니다.

파랑, 빨강, 분홍, 노랑의 색들이 손을 잡고
춤을 추며 그림 속 이야기를 들려주고,
산뜻함, 맑음, 차가움, 빠름의 음들이
서로에게 잊혀지지 않는 의미를 그려냅니다.

햇살 쏟아지는 전시장에서
색의 요정, 음악의 요정과 함께
행복한 대화 나누고 싶습니다.

상 차리는 여자

어머니는 상을 차리셨습니다.
뚝배기째 올라온 보글보글 소리나는 된장찌개,
시원한 굴맛이 느껴지는 김치에
김이 모락모락 나는 밥 한 그릇이면
우리는 세상에서 가장 행복했습니다.
산다는 건, 결국은 먹고 산다는 이야기입니다.
즐거울 때도 슬플 때도 우리 곁을 지키고 있는 밥상에는
우리 삶의 구구절절한 이야기들로 가득 차 있습니다.

밥상을 통하여 삶의 희로애락을 노래하고
상을 매개로 소소한 일상들 속에서
진지한 의미를 찾아내며
실제로 음식을 만들며 음식에 미를 담아내기도 하고,
우리 전통 소반에 소담스런 우리의 그림도 차립니다.

콩나물무침, 두부부침, 빈대떡, 도토리무침, 굴비구이,

진달래 화전, 두견주, 오미자차, 국화차…

풍성한 상 차려 대접하고 싶습니다.

밥상, 술상, 다과상, 찻상…

오셔서 많이 드시고,

안주인의 사랑과 정성 담뿍 느끼시기 바랍니다.

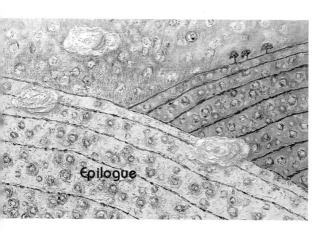

Epilogue

새로운 시작

'시작', 내가 좋아하는 단어입니다. 자신의 의지로 시작하는 일도 있고 자신의 의지와는 상관없이 시작되는 일도 있습니다. 세월이 흐르다 보면 언젠가는 시작이 있었는데 어떻게 시작된 것인지조차 기억 못하는 것도 있지만 시작은 항상 희망을 갖도록 해 주어서 좋습니다.

시작이라는 단어를 떠올리면 출발, 처음이라는 어휘가 따라오고, 계속해서 신선함, 설레임, 불안함, 초조함, 두려움이 연상됩니다. 초등학교 시절 달리기 출발선에 서면 갑자기 화장실에 가고 싶고, 제대로 준비 못하고 시험지를 받았을 때도 똑같은 현상이 벌어지곤 했지요. 잘 해보겠다는 각오로 시작을 하고 출발을 하지만, 그 이후에 일어날 일에 대한 걱정과 두려움이 있었기에 그런 것이 아닌가 생각됩니다.

'시작'이라는 단어를 떠올리게 하는 영화 '쿨러닝'은 겨울이 없는 자마이카에서 봅슬레이 경기 자체가 불가능하지만 동계올림픽에 출전하는 '무無에서 유有를 창조'하는 것이 무엇인지 생각하게 해 주어 늘 마음에 새기고 있습니다. '국가대표'라는 영화도 스키점프에 대한 애정과 열정, 그리고 도전 정신으로 무장된 하늘을 나는 꿈을 실현시키는 다섯 명의 선수는 진정한 대한민국 국가대표가 되었기에 같은 맥락에서 좋아합니다.

없는 것에서 새로운 것을 만들어 내는 시작이건, 또다시 시작하는 새로운 출발이건 모든 '시작'은 좋은 방향으로 발전 지속되기를 바랍니다. 컴퓨터에서 '딜리트'라는 삭제 기능을 많이 사용하고 있습니다. 글자를 잘못 썼을 때 그냥 누르기만 하면 지워지고, 다시 쓸 수 있습니다. 사람과의 만남도, 인생도 때로는 마음에 들지 않을 때 '삭제'를 누를 수 있다면 얼마나 좋을까요.

요즘 젊은이들은 오늘부터 사귀자고 말하고 시작한다는 것입니다. 사람의 감정문제인데 어떻게 그것이 가능한가요. 그냥 한 번 두 번 만나다 싸우기도 하고 좋아하기도 하고, 미운 정 고운 정 들어 지나온 세월 탓에 지울 수도 없고, 버릴 수도 없고, 안고 갈 수도 없어서 끙끙대는데….

가을이면 낙엽이 쌓이고, 나무는 옷을 벗고 추운 겨울을 견뎌 나갑니다. 그러면 다시 봄이 오고, 봄이 오면 나목은 푸르른 새 옷을 입는데 우리 인생은 또다시 봄을 맞을 수 없습니다. 하지만 나는 실망하지 않습니다. 매일 또 다른 시작을 하면 되니까. 큰 시작도 있고, 작은 시작도 있습니다. 똑같은 시작도 있지만, 또 다른 시작도 있습니다.

매일매일 나의 삶을 시작합니다. 같은 사람을 만날지라도 어제의 만남이 다르고 오늘의 만남이 다르지요. 내일 또 다른 시작이 기다립니다. 시작할 수 있는 하루가 나에게 주어지는 한 그날이 마지막 날인 것처럼 살아갈 것입니다.